KAROLIN PARK

Stilettoholic

MODELS, MORD, MANOLOS Sophie Schwarz ist am Ziel ihrer Träume. Das Wiener Model hat den Sprung auf das Titelblatt der Vogue geschafft und steht kurz vor der Unterzeichnung eines Vier-Millionen-Dollar-Vertrags mit einem amerikanischen Kosmetikkonzern. Ihr Höhenflug nimmt ein jähes Ende, als der berühmte Modefotograf Philipp Margold in dem noblen Wiener Stundenhotel »Orient« tot aufgefunden wird und Sophie unter Mordverdacht gerät. Es scheint das Aus ihrer Karriere. Wäre da nicht ihre Freundin Elli Weitzman, Stilettoholic mit Fashion-Faible und einem untrüglichen Spürsinn, der sie bald ahnen lässt, dass sich hinter der funkelnden Fassade der Wiener High Society dunkle Geheimnisse verbergen.

Ehe sie sich versieht, steckt die quirlige Fashionista Elli mit beiden Absätzen ihrer Highheels in einem Mordfall, deren glamouröse Verdächtige ebenso undurchsichtig sind wie ihre schicken Designerbrillen. Und schon bald muss sich Elli ernsthaft fragen, ob sie bei der Auswahl ihrer Freunde möglicherweise weniger Talent bewies als bei der Wahl der perfekten Stilettos.

In Highheels auf Mörderjagd – sunny, sexy, stylish!
Das Buch für die It-Bag!

Foto: Florian Huber

Karolin Park, Jahrgang 1978, teilt sich ihren Geburtstag mit Agatha Christie, promovierte an der Universität Wien und lebt heute als Schriftstellerin und Sprachtherapeutin in Wien und München. Amüsant plaudert sie aus dem Wiener Nähkästchen der Eitelkeiten und lässt keinen Zweifel daran, dass selbst der Tod mordsschick sein kann.

KAROLIN PARK

Stilettoholic

Roman

Original

GMEINER

Ausgewählt von
Claudia Senghaas

Stilettoholic ist ein fiktionales Werk.
Jede Ähnlichkeit mit lebenden oder toten Personen sowie tatsächlichen Ereignissen ist nicht beabsichtigt und wäre rein zufällig. Auch wenn reale Schauplätze, Lokale, Geschäfte und Ähnliches erwähnt werden, so geschieht dies doch in einem rein fiktionalen Kontext.

Besuchen Sie uns im Internet:
www.gmeiner-verlag.de

Im Ehnried 5, 88605 Meßkirch
Telefon 0 75 75/20 95-0
info@gmeiner-verlag.de

1. Auflage 2011

Lektorat: Claudia Senghaas, Kirchardt
Herstellung: Julia Franze
Umschlaggestaltung: U.O.R.G. Lutz Eberle, Stuttgart
unter Verwendung eines Fotos von: © iStockphoto.com/stylishbutterfly-
Druck: Fuldaer Verlagsanstalt, Fulda
Printed in Germany
ISBN 978-3-8392-1209-7

Für Martin

If God had wanted us to wear flat shoes,
he wouldn't have invented high heels.

Steuerberatungskanzlei
Höhne & Partner
Stubenring 2/1
1010 WIEN

Frau
Mag. Elisabeth Weitzman
Habsburgergasse 9/11
1010 Wien

Wien, am 8.1.2008

Betreff: Kündigung der Steuerberatungsleistung

Sehr geehrte Frau Mag. Weitzman,

wie Sie in Ihrem Brief vom 1. 1. 2008 mitteilen, benötigen Sie ab sofort keine weitere Beratung unseres Hauses in Ihren steuerlichen Angelegenheiten.

Wir danken für die gute Zusammenarbeit und wünschen Ihnen für die Zukunft alles Gute.

Mit freundlichen Grüßen

Dr. Richard Höhne
Steuerberater

Finanzamt Wien 1/23
Team 8/ Gruppe 4b

Frau
Mag. Elisabeth Weitzman
Habsburgergasse 9/11
1010 Wien

Wien, am 4. 6. 2008

Betreff: Einkommensteuerbescheid 2007 / Absetzbeträge

Sehr geehrte Frau Weitzman,

anbei finden Sie Ihren Einkommensteuerbescheid für das Jahr 2007. Bedauerlicherweise müssen wir Ihnen mitteilen, dass

die Strassspangenpumps von Ferragamo
die Riemchensandalen von Manolo Blahnik
sowie die Ballerinas der Schuhmanufaktur Reiter

nicht, wie Sie meinen, als Arbeitsschuhe steuerlich anerkannt werden. Wir sind uns durchaus darüber im Klaren, dass ein ›qualitativ hochwertiger Schuh‹, wie Sie es nennen, auch ›ein wenig mehr kostet‹. Auch freuen wir uns darüber, dass Sie durch den Kauf eines Paares der Wiener Schuhmanufaktur Reiter ›die heimische Wirtschaft so tatkräftig unterstützen‹. Dennoch müssen wir Ihnen mitteilen, dass die drei genannten Posten nicht als Absetzbetrag geltend gemacht werden können. In der Anlage 2/1 finden Sie daher den aktualisierten Absetzbetrag.

Mit freundlichen Grüßen

Maria Molart
Finanzbeamtin

Beilage: 3 Rechnungen

1

Mit dem Hörer am Ohr lasse ich mich zurück aufs Sofa fallen. Es ist Sophie, meine beste Freundin, Model und Schuhfetischistin. Sie wechselt ihre Männer genauso oft wie ihre Designerpumps, aber die Freundschaft zu mir besteht mittlerweile bereits mit der ungebrochenen Beständigkeit von 25 Jahren, mal abgesehen von dem wirklich schlimmen Streit, den wir vor einigen Jahren im Ausverkauf wegen des letzten Paares strassfunkelnder Jimmy Choos in Größe 39 hatten.

»He Süße!«, erklingt Sophies Stimme am anderen Ende der Leitung. »Bist du für heute Abend startklar?«

Herrje, das Vogue Dinner. Wie konnte ich das denn bloß vergessen? Dabei denke ich doch seit Sophies telefonischer Ankündigung vor ungefähr drei Monaten praktisch an nichts anderes mehr.

Sophie war gerade zum Bikini-Shooting für den neuen Victoria's-Secret-Katalog auf den Bahamas, als sie Erik und mich gegen 2 Uhr morgens mit hartnäckigem Klingeln aus dem Schlaf holte. Erleichtert darüber, dass kein Familienmitglied todkrank, schwerverletzt oder womöglich bereits verstorben war – irgendwie erwartet man solche

Nachrichten um diese Uhrzeit –, lauschte ich ihrer aufgekratzten Stimme, während Erik neben mir im Halbschlaf etwas wie »diese Wahnsinnige«, »Besitzstörungsklage« und Ähnliches vor sich hin murmelte.

»He Süße! Ich hab' eine Spitzennachricht!«, kreischte sie in den Hörer. »Ich bin auf dem Cover der Augustausgabe und du begleitest mich zur VIP-Party!«

Durch diese Wahnsinnsnachricht schlagartig hellwach geworden, schrie ich wiederholt:

»Die Vogue, die Vogue, die Vogue!«, warf mich im Reitersitz auf mein halb bewusstloses Bettgegenüber und rüttelte Erik so lange, bis er sich ebenfalls ein

»Na gratuliere und jetzt lass uns weiterschlafen!«, abrang und entlockte ihr nebenbei die näheren Details darüber, dass sie laut Auskunft ihrer Agentur der Modefotograf Philipp Margold, um den sich im Moment alle angesagten Designer von Armani bis Zegna prügelten, unbedingt für den Job haben wollte, das Shooting in den Barockgärten von Schloss Schönbrunn stattfinden werde und man anscheinend plante, zu Ehren des Fotografen ein Dinner mit 300 geladenen Gästen in Wien zu geben.

Der Job als Sophies Begleitung fiel mir zu, weil ihr der mit Victoria's Secret vor sechs Monaten unterzeichnete Vertrag nicht nur strenge Verschwiegenheitspflicht und tägliche Gewichtskontrolle vorschrieb, sondern ihr zudem jegliche Liaison oder gar Nachwuchs für das kommende Jahr untersagte, was sie im Falle eines Vertragsbruchs teuer zu stehen kommen würde, wie ihr Erik nach eingehender Prüfung des Fünfzigseitendokuments mit mitleidiger Miene erklärt hatte.

Inoffiziell war sie seither einen ganzen Monat lang verlobt, eine Woche drüber (was sich schlussendlich als Hormonschwankung herausstellte) und sieben Tage verheiratet. Zum Glück nur nach buddhistischem Ritus in Thailand, was ja dem Himmel sei dank im Rest der Welt keineswegs als Ehe gilt. Offiziell erscheint sie vertragsgemäß immer allein und bedauert medienwirksam Single, äußerst schüchtern und dem Richtigen unglücklicherweise bisher noch nicht begegnet zu sein.

Nach dem Shooting mit diesem Margold ging es Schlag auf Schlag. Der berühmte David Letterman wollte sie in Wolford Strümpfen in seiner Show, HBO schlug ihr eine kleine Nebenrolle als verführerischer Vamp in einer dieser total angesagten Kultserien vor und jetzt halten Sie sich fest, Sophie soll das neue Gesicht von Maybelline werden. Im Moment prüft Eriks Kanzlei den Auf-4,2-Millionen-Dollar-dotierten-ist-das-nicht-der-Wahnsinn-Vertrag und die Unterzeichnung ist bereits für den kommenden Montag anberaumt.

In Anbetracht dieser unglaublich verführerischen siebenstelligen Zahl bereue ich zutiefst, dass ich immer dachte, nach dem Dinner käme Dessert und nicht Cancelling, dass ich so naiv war zu glauben, drei Erdbeeren wären keine Mittagsmahlzeit, Traumkörper entstünden aus zufällig entstandenen Spitzen-Genen ihrer Erzeuger, innere Schönheit sei sowieso überproportional bedeutender als äußere und dass man als Model keineswegs Schmerzen, Nässe und Kälte ertragen müsse. All diese Irrtümer und nebenbei bemerkt auch meine Körper- und Körbchengröße haben nämlich dazu geführt, dass ich über das Werbeshooting für die Wiener Linien nie hinausgekommen bin.

Aber es war auch wirklich verdammt kalt an jenem Freitag im Februar. Nach den ersten zehn Minuten brannten meine Hände und lief meine Nase, nach weiteren zehn in der beißenden Kälte ohne Jacke, dafür in Riemchensandalen, war mein fröhlich-unbeschwertes Lächeln bereits gefroren, die Blasenentzündung ausgebrochen und mein Traum von der Modelkarriere geplatzt, während Sophie vom begeisterten »très bien«, »formidable« und »parfait« des französischen Fotografen gepuscht, ihre schockierten Akademikereltern noch am selben Tag darüber informierte, dass sie die Schule hinschmiss, um Model zu werden und sie ihr Gepäck möglichst schnell in die Rue de rivoli 8 im dritten Pariser Arrondissement schicken sollten, die Wohnung von Francois, dem Fotografen.

Noch am selben Abend warfen sich mir meine überglücklich-erleichterten Eltern um den Hals, dankten Gott dafür, dass ich offensichtlich nicht ebenfalls vollkommen übergeschnappt war, wie Sophies verzweifelte Mutter in einem mehrere Stunden andauernden, von Weinkrämpfen unterbrochenem Telefonat mit meiner Mutter wiederkehrend erklärt hatte, und erlaubten mir zur Feier des Tages, dass mein bis dato im Hause tagsüber bei geöffneter Zimmertüre bloß geduldeter Freund von nun an bei mir übernachten durfte. So viel dazu! Ich bekam mein erstes Mal mit Pickel-Paul und Sophie einen Modelvertrag. Das Leben ist ja so ungerecht!

Und jetzt war sie nicht nur das Covergesicht der Vogue-Augustausgabe, sondern auch die auserkorene Muse dieses superangesagten Kamerakünstlers, was einer Art Ritterschlag im Modelbusiness gleichkam.

Ich hatte Sophie noch am Apparat, als ich angesichts des bevorstehenden Events höchst abspeckmotiviert auf direktem Weg in die Küche war, um sie und folglich auch mich modelmaßtauglich zu machen. Schwedenbomben, Mozartkugeln, Mannerschnitten etc. wanderten also direkt in den Müll – nachdem ich zur Feier des Tages und quasi als motivationalen Endorphinschub für die niederschmetternde Aussicht auf die bevorstehenden Magenknurrwochen den Packungsinhalt hingebungsvoll verzehrt hatte.

Als ich die Wohnung schließlich zucker-, salz- und fettfrei hatte, war ich beschäftigt mit dem Auffinden meiner Körperfettwaage, der Fitnessjahreskarte für den Holmes Place (ein paar Stunden Bauch-Bein-Po hatte meine untere Körperhälfte bitter nötig), der Internetrecherche über die GLYX-, TCM- und Atkinsdiät beziehungsweise der Information über die Fettwegspritze (nur für den Notfall), der Verdopplung meiner täglichen Ration Obst oder besser gesagt, der Ananas-Enzympillen und der Besorgung diverser chinesischer Schlankheitskräutertees, Entschlackungsbadesalze, körperstraffender Bodylotion sowie der momentan an erster Stelle in der Elle gereihten, besten Hautcreme für strahlend jugendlichen Teint. Von den make-up-, frisur-, und kleidungstechnischen oder noch schlimmer, den schuhtechnischen Überlegungen mal ganz abgesehen.

Bereits am zweiten Tag hatte mir mein Süßer verboten, ihn weiterhin über meinen täglich wechselnden aktuellen Stand des Outfits für den heutigen Abend zu informieren und mir ein allabendlich währendes, einstündiges vertragliches Sprechverbot zum Thema Vogue auferlegt, das mich im Falle des einmaligen Vertragsbruchs einen Blowjob, bei zweimaligem Vergehen die Begleitung zum juristischen Symposium mit dem wahnsinnig interessanten Thema »Schiedsverfahren und Vollstreckung im Wandel der Zeit« und bei mehrmaligem Fehlverhalten beides kostete.

Was soll ich sagen, die Konsequenz meiner zahlreichen Vertragsbrüche war nicht nur eine nicht in meine Diät einkalkulierte abendliche Eiweißmahlzeit, wobei Proteine ja angeblich die Fettverbrennung anregen sollen, sondern auch ein sonniges Wochenende im Mai, das ich in einem Plattenbauhotel irgendwo in der burgenländischen Pampa, mit etwa 300 staubtrockenen Juristen, dem Zivilprozessrecht und keinerlei Shoppingmöglichkeit verbrachte.

Also wie um alles in der Welt konnte ich tatsächlich darauf vergessen, dass heute die Nacht der Nächte war?

Na, wenn ich es mir recht überlege, war heute ein wirklich anstrengender Tag. Nachdem ich mich bereits am frühen Morgen mit meinen Haaren auf keine akzeptable Frisur einigen konnte, meine neuen D&G Jeans über Nacht geschrumpft schienen, obwohl ich noch immer auf der »ultimativen New York Diät« bin und ich mein Mobiltelefon erst nach geschlagenen 20 Minuten in der Sockenlade wiederfand – und ich habe bisher keinen blassen Schimmer, wie es dahin kommen konnte –, schaffte ich es mit zehn Minuten Verspätung in meine Ordination, wo mich der 9-Uhr-Termin, ein neurotischer Fernsehmoderator mit addentalem Sigmatimus, bereits mit strafendem Blick erwartete.

Einen therapienintensiven Vormittag, drei mörderlangweilige Stunden im Dissertantenseminar an der Uni und 45 Minuten administrativer Tätigkeiten – wie Befunde schreiben, Sprachentwicklungstests auswerten und die Post durchsehen – später, ereilte mich dann zu allem Übel auch noch die wenig berauschende Information des Finanzamts in Briefform, dass die Rechnungen für meine Arbeitsschuhe steuerlich nicht absetzbar wären. Dabei hatte ich mich so über den Tipp meiner Patientin gefreut, einer Sopranistin an der Wiener Staatsoper mit Sängerknötchen. Tja, Hollywoodschauspieler müsste man sein, dann könnte man nicht nur Schuhe, Outfit und Make-up sondern auch noch Botoxinjektionen und Silikonimplantate absetzen.

»Also wie sieht's aus?«, höre ich Sophies Stimme und lande in der Gegenwart. »Bist du bereit für Passion by P.M.?«

»Ja klar«, entgegne ich aufgeregt, krame meinen Kalender mit der generalstabsmäßigen Tagesplanung hervor und beginne laut vorzulesen: »Das Kleid wurde gestern geliefert. Heute Mittag habe ich mir entzückende Riemchenheels von Weitzman gekauft, in einer Stunde kommt Monsieur Martin um mir die Haare hochzustecken, den Schmuck bringt der Juwelier gegen sechs …«

»Sag' mal, hast du gerade Weitzman gesagt?«, quietscht da auf einmal Sophie lautstark ins Telefon und ich schaffe es gerade noch den Hörer blitzartig von mir zu strecken, ehe mein Trommelfell vollends zu zerplatzen droht.

»Ja«, sage ich etwas kleinlaut und erinnere mich mit dem Gefühl stärkster Unbehaglichkeit an jenen verschneiten Dezembermorgen, an dem mir Sophie bei einem lauschigen englischen Frühstück im Innenstadtcafe Haas & Haas bei unserer Freundschaft schwören musste, niemals mehr Weitzmans zu kaufen.

»Sag' mal spinnst du?«, kreischt meine eigentlich beste Freundin weiter ins Telefon. »Du verbietest mir Weitzmans zu kaufen, weil du auf diesen Stuart so schlecht zu sprechen bist und dabei kaufst du sie selber! Weißt du eigentlich, wie viele süße Exemplare seine letzte Frühjahrskollektion hatte – von denen ich nebenbei bemerkt kein einziges Paar kaufen durfte, damit du mir deine Freundschaft nicht aufkündigst!«

Jetzt fühle ich mich wirklich schlecht. Warum muss ich auch immer so überreagieren? Und warum bin ich bloß immer so neugierig? Aber in gewisser Weise möchte doch jeder Mensch seine Wurzeln kennen, oder etwa nicht? Und so war es doch ein ganz natürlicher Impuls, dass ich erfahren wollte, ob ich womöglich mit diesem super angesagten Schuhdesigner verwandt sein könnte, wo wir doch schon den gleichen Namen haben.

Okay, mein Name ist zugegebenermaßen erst durch Heirat erworben, aber es wäre zumindest eine Verwandtschaft dritten Grades in Frage gekommen.

Na jedenfalls weiß ich mittlerweile Bescheid.

Genauer gesagt habe ich es sogar schriftlich.

Gewissermaßen schwarz auf weiß.

Ein Einschreiben.

Mit der gerichtlichen Verfügung, mich Stuart Weitzman nicht mehr als 200 Meter nähern zu dürfen.

Nein, das wollen Sie bestimmt nicht wissen.

Wirklich nicht, da bin ich mir ganz sicher!

Na gut. Ich muss allerdings vorausschicken, dass diese Verwarnung eine wirklich übertriebene Reaktion war, schließlich wollte ich doch nur auf Nummer sicher gehen, was nun unsere mögliche Blutverwandtschaft betrifft, als ich Mr. Highheel bei der Eröffnung seines Shops um eine Speichelprobe zwecks DNA-Analyse bat.

Also kurz zusammengefasst: Ich wurde ziemlich unsanft vor die Tür gesetzt, erhielt lebenslängliches Hausverbot und war von nun an dazu verdammt, keine Weitzmans mehr tragen zu dürfen. Und da bekanntlich geteiltes Leid halbes Leid ist, verpflichtete ich meine beste Freundin Sophie zum ebenfalls lebenslangen Verzicht dieser Traumschuhe und Mariella, Iris, Sonja, Nicole, Teresa, Claudia, Marie, meine beiden Cousinen, die Cousinen meines Mannes, obwohl die noch nie Weitzmans getragen haben. Und meine Mum, dabei trägt die ausschließlich riesengroße, superflache Gesundheitstreter. Ach ja und all meine weiblichen Patientinnen und die russische Putzfrau meiner Eltern, bei der ich bis heute nicht weiß, ob sie überhaupt verstanden hat, was ich von ihr wollte. Sie hat immerzu gesagt »Njet Weißmann, da!«, und …

»He du Lügnerin, bist du noch in der Leitung oder hat dich der Schlag getroffen?«, erkundigt sich Sophie etwas gehässig nach meiner Befindlichkeit.

»Ach Sophie«, stottere ich leise und mit Schuldgefühlen schwer beladen ins Telefon. »Es tut mir ja so leid! Aber ich konnte doch nicht ahnen, dass die bei Popp & Kretschmer an der Oper auch Weitzmans führen und da ich dort kein Hausverbot habe, konnte ich einfach nicht anders. Verstehst du das denn nicht?«

Kein Laut am anderen Ende der Leitung.

Dann ein schwerer Seufzer gefolgt von einem lauten: »Doch! Aber versprich mir, dass du mir nie mehr ein Schuhverbot auferlegst. Alles klar?«

»Ja, klar. Alles was du willst, aber bitte, BITTE sei mir nicht mehr böse.«

»Ist schon in Ordnung«, erklingt Sophies Stimme versöhnlich am anderen Ende der Leitung und schon fühle ich mich wieder pudelwohl.

»Bist du denn schon aufgeregt, meine Süße?«, frage ich Sophie betont mitfühlend.

»Ja und wie! Deshalb hab' ich auch noch schnell Frau Romanovic einen Blick auf meine Sterne werfen lassen. War gar nicht so einfach, so kurzfristig einen Termin zu kriegen, schließlich ist doch morgen die Premiere von Schnitzlers Liebelei am Burgtheater und da war sie schon ziemlich ausgebucht mit ihren Terminen. Aber da ich ja gewissermaßen Stammkundin bin, hat sie mich zwischen die beiden Hauptdarsteller geschoben. Und stell dir vor, sie meint«, sie hält kurz inne, »dass mich dank Venus eine erotische Aura umgibt, der sich niemand entziehen kann.«

»Ja super«, versuche ich möglichst begeistert zu klingen, um sie nicht im letzten Moment noch zu verunsichern, schließlich war das mit den Weitzmans schon Aufregung genug für heute. »Dann ist dein Erfolg ja schon vorprogrammiert. Und du weißt ja, Erik und ich stehen dir bei«, setze ich noch nach. Was nebenbei erwähnt in letzter Zeit schon in eine Art Gewohnheit von meinem Süßen und mir auszuarten scheint. Sophie wird von Massimo, dem verheirateten Hedge-Fond-Manager aus Mailand und Liebe ihres Lebens, wohlgemerkt der dritten in diesem Sommer, verlassen, schläft auf unserer Couch, betrinkt sich mit Eriks 50 Jahre altem schottischen Whiskey und isst kiloweise meine Altmann & Kühne Pralinen.

»Aber etwas beunruhigt mich.« Sophies Stimme klingt plötzlich ganz verändert. »Bitte halte mich nicht für verrückt, aber es ist etwas Beängstigendes passiert. Also während der Sitzung bei Frau Romanovic legte sie Tarot-Karten und stell dir vor, ich zog die Karte des Henkers und des Todes! Ist das nicht schrecklich?«

»Ojeoje«, gebe ich mich mitfühlend und versuche gleichzeitig mit besänftigender Stimme, die um sich greifende Todesangst zu entschärfen. »Aber bitte nimm das doch nicht so ernst. Das sind doch bloß Karten und …«

»Die Karten lügen aber nicht!«, kreischt Sophie jetzt zunehmend hysterisch.

»Jetzt hör mal«, versuche ich mein Bestes, sie zu beruhigen, »du weißt ja nicht welcher Tod damit gemeint ist.«

»Na, du bist vielleicht gut! Welcher Tod soll denn bitteschön gemeint sein, hm? Meiner natürlich, schließlich waren es ja auch meine Tarot-Karten.«

Na super, dieser Beruhigungsversuch ist hiermit also eindeutig fehlgeschlagen. Elli denk nach. Dir wird doch wohl was einfallen, um deine halb wahnsinnige Freundin zu beruhigen.

»Ich hab's«, rufe ich schließlich erfreut ins Telefon. »Vielleicht begegnest du ja dem kleinen Tod!«

»Wie bitte?«, kommt es ungläubig vom anderen Ende der Leitung.

»Na, du weißt schon – ein unglaublich toller Orgasmus! Den nennt man doch den kleinen Tod.

Dagegen hättest du doch bestimmt nichts einzuwenden, oder?«, sprudle ich hervor und denke, dass das ja wohl absoluter Schwachsinn ist, was ich hier von mir gebe. Doch zu meinem Erstaunen scheint Sophie nun erleichtert.

»Ja bestimmt, da könntest du recht haben«, jubelt sie auf einmal. »Es wäre wirklich gut möglich, dass ich heute Abend den Wahnsinnstypen treffe, der mich einfach umhaut.«

»Elli, du bist ein Schatz! Bestimmt hast du recht. Es wird ein grandioser Abend werden, ich werde meinen Traummann treffen und ich werde LCS erleben!«, ruft sie begeistert ins Telefon und ehe ich erfahre, was um Himmels willen LCS bedeutet, hat sie auch schon voll enthusiastischer Vorfreude und mit einem knappen »Bis dann« den Hörer auf die Gabel geknallt.

2

Kann schon sein, dass sich einige Frauen mit Absätzen stärker machen als sie sind.
Stuart Weitzman

Paola Visconti ließ ihre makellosen Gesichtszüge, die vor Jahren so manches Hochglanzcover schmückten, hinter einer dunklen Sonnenbrille von Dior verschwinden und trat nach draußen auf die Terrasse. Es war ein wundervoller Sommertag. Die Sonne strahlte vom Himmel, tauchte die malerischen Weingärten in ein helles Grün und ließ den in weiter Ferne sichtbaren Stephansdom im Dunstnebel dieses heißen Tages versinken.

Mit der Vogue in ihrer Hand schlenderte sie langsam am halbmondförmigen Swimmingpool entlang hinüber zur Liege, die im Schatten lag. Über all die Jahre hatte sie nichts von ihrer anmutigen Schönheit eingebüßt. Ihrer Ausstrahlung verdankte sie noch heute den Umstand, alle Blicke auf sich zu ziehen. Doch bei genauerer Betrachtung wurde man einer gewissen Melancholie, einer tiefen Traurigkeit gewahr, die sie umgab, und von der auch ihr perfektes Styling, ein azurblauer Bandeau-Bikini, ein locker um ihre Stirn geschwungenes buntes Seidentuch von Pucci und goldglänzende Valentinosandalen nicht abzulenken vermochten.

Erschöpft sank sie auf die dunkle Teakholzliege nieder und schlug die Zeitschrift auf, ließ sie aber in ihren Schoß sinken. Sie hatte sich fest vorgenommen, ein wenig zu entspannen, Kraft zu tanken für den Abend. Der Pressetrubel kostete sie jedes Mal ungeheure Energie und seit diesem furchtbaren Unfall war sie zunehmend schwächer geworden. An manchem Tag schaffte sie es kaum aus dem Bett und ohne ihre Beruhigungsmittel war sie ein nervliches Wrack. Sie konnte sich nicht daran erinnern, wann genau es damit angefangen hatte.

War es, als man sie das erste Mal von seinen außerehelichen Vergnügungen informierte?

War es die Fehlgeburt?

Sie unterdrückte ihre Tränen und zwang sich dazu, nicht mehr weiter darüber nachzudenken. Sie wusste, dass sie mit ihren Kräften haushalten musste. Das hatte ihr auch der Arzt dringend angeraten. Sie nahm das Modemagazin wieder hoch und blätterte suchend darin. In den letzten 15 Jahren hatte sie jeden Pressebericht, jedes noch so kleine Interview über Philipp fein säuberlich aufbewahrt. Das Sammeln der Artikel war anfangs Ausdruck ihrer Freude über seinen Erfolg gewesen, doch mittlerweile war es zu einer lieblos-dokumentarischen Routinehandlung verkommen, die sie bisher nicht aufzugeben vermochte, aus Gründen die sie nicht kannte.

Sie legte die Schere zur Seite, nahm den fertigen Ausschnitt zur Hand und betrachtete den Artikel eingehend.

Philipp Margold, Österreichischer Fotograf mit vier schillernden Gaben: herausragendes Talent, blendendes Aussehen, strahlende Persönlichkeit und funkelnder Humor, suchte sich das barocke Schloss Schönbrunn als Kulisse für sein Shooting selbst, um die luxuriösen Seidenstrümpfe von Wolford opulent in Szene zu setzen. In gerade mal fünf Tagen und Nächten intensiver Arbeit war das Kunstwerk in Wien vollbracht. Genug Zeit also, um seine Ausstellung in Londons Victoria & Albert Museum zu eröffnen und den ›Prix du Photograph‹ entgegen zu nehmen.

Links neben dem Artikel befand sich ein Foto von ihm. Ein äußerst vorteilhaftes Bild. Er trug Jeans von Cavalli oder Gucci, ein weißes Polohemd mit hochgekrempelten Ärmeln und hatte ein verschmitztes Lächeln auf den Lippen. Es war kaum zu übersehen, wie sehr er sein Leben auskostete. Und was war mit ihrem Leben?

Nachdenklich begann sie an ihrer Unterlippe zu kauen.

Ihr Leben hatte in Wahrheit schon lange aufgehört zu existieren. Sie hatte beinahe aufgehört zu existieren. Bis gestern!

Diese unglaubliche Nachricht hatte alles geändert.

Aber was sollte sie jetzt bloß tun?

Sie war keineswegs naiv gewesen. Sie hatten einen Ehevertrag. Im Falle der Scheidung würde ihr die geliebte Villa Porcia in Siena zufallen und der Großteil des gemeinsamen Vermögens. Welchen Grund hatte sie also, bei ihm zu bleiben?

Er liebte sie nicht, zumindest nicht mehr, und die traurige Gewissheit darüber trieb ihr ein weiteres Mal die Tränen in die Augen. Sie wusste, dass sie so nicht weitermachen durfte. Vor allem nicht jetzt. Es war an der Zeit, eine Entscheidung zu treffen, dessen war sie sich im Klaren und doch fürchtete sie sich davor.

Wie würde ihre Zukunft ohne Philipp aussehen? Wäre sie in ihrem Zustand überhaupt im Stande, dem Pressetrubel, der im Falle einer Scheidung über sie hereinzubrechen drohte, standzuhalten?

Könnte sie das durchstehen?

Alle Welt würde erfahren, dass er sie schon über Jahre hinweg mit jedem sich bietenden Model betrogen hatte. Dabei hatte sie so gehofft, dass jetzt nach Philipps schwerem Unfall, Oliviers Kündigung und diesem langersehnten Gottesgeschenk, sich die Dinge ändern würden, wieder alles ins Lot käme, sie wieder zueinander finden würden. Doch dem war nicht so.

Paola wusste, dass er sich mit Sophie, seiner neuen Muse, vergnügte. Bisher hatte sie es nicht geschafft, den Umschlag zu öffnen, der in der obersten Schublade ihres Sekretärs verwahrt, die bildhaften Beweise seines Ehebruchs enthielt. Doch seine bloße Anwesenheit genügte, um ihren Ekel zu schüren.

Sie hasste das Bild von ihr als verlassene, betrogene Ehefrau und sie verabscheute die Presse. Bestimmt würden sie in ihrer Vergangenheit wühlen und sie würden nicht ruhen, ehe alles ans Licht kam.

Nein, das konnte sie nicht zulassen. Das durfte sie nicht zulassen.

Es musste eine andere Lösung für ihre Probleme geben.

»Du bekommst keinen verfluchten Cent!«, drang es erneut aus Philipp Margolds Arbeitszimmer, in dem sich die Gemüter zunehmend zu erhitzen schienen. »Geht das in deinen VERDAMMTEN Schädel?«

Philipp Margold trat verärgert vor die riesigen Glastüren, die den Blick über die hügeligen Weingärten des 19. Wiener Gemeindebezirks freigaben und starrte mit versteinerter Miene ins Leere. Auf dem roten Sofa von Le Corbusier, einem Präsent des Konzerns zum Dank für seine grandiose Arbeit, saß sein Vater Richard, ein auffallend großer, korpulenter Mann mit dichtem, weißen Haar, einem schmalen Oberlippenbart, einer hervorstechend scharfen Nase und einem durchtriebenen Lächeln auf den Lippen.

Er war sichtbar ungerührt von den Worten seines Sohnes, die emotionslos an ihm abzuprallen schienen. Richard Margold zählte nicht zu jener Sorte Mensch, die Gefühle zeigten oder gar aus der Fassung gerieten, wenn sich Probleme ankündigten, denn er hatte nichts zu verlieren, außer der Hoffnung auf den Gewinn und die dazu notwendigen finanziellen Mittel.

Es entzog sich seiner Kenntnis, wie viel Geld er in einem Monat, einer Woche oder an einem einzigen Tag in den letzten Jahren verloren hatte, aber er wusste, dass er Ruhe bewahren musste, wenn er als Sieger aus dieser Diskussion hervorgehen wollte.

Bisher war Philipp immer großzügig gewesen. Es war niemals eine große Sache. Doch aus einem ihm unerklärlichen Grund gestalteten sich seine Angelegenheiten seit einigen Wochen äußerst kompliziert, geradezu zäh und für einen kurzen Augenblick fragte er sich ernsthaft, ob Philipp womöglich etwas ahnte?

Nein.

Das war unmöglich. Er hatte ganze Arbeit geleistet.

Keine Spuren, keine Beweise.

Dennoch war Richard Margold zunehmend besorgt, als er sein geleertes Cognacglas auf der Tischplatte abgestellt hatte und sich mit versöhnlicher Miene auf seinen Sohn zubewegte. »Philipp!«, hob er an. »Jetzt hab' dich nicht so! Ein paar Tausend reichen völlig. Das sind doch Peanuts für dich.«

Philipp Margold schien keines seiner Worte gehört zu haben. Regungslos stand er mit in den Hosentaschen vergrabenen Händen da und starrte mit gedankenverlorenem Blick aus dem Fenster. Er wusste nicht, woher dieses Gefühl auf einmal gekommen war. Weder konnte er es in Worte fassen noch rational begründen, aber irgendetwas sagte ihm, dass er seinen Vater loswerden musste.

Seltsam, geradezu absurd.

Er wurde dieses Gefühl nicht los, dass man ihn … dass er ihn töten wollte.

Er schauderte.

Plötzlich schien alles Sinn zu machen. Paolas Ankündigung, die kaputten Bremsen – er brauchte keine Psychotherapie. Er brauchte bloß ein Puzzlestück an das andere zu reihen.

Ein genialer Plan.

So genial, dass nicht einmal Philipp Margold selbst ihn für möglich hielt. Niemand, wirklich niemand würde seinen Vater hinter alledem vermuten, wenngleich er berechtigter Miterbe in seinem Testament war.

Philipp Margold war sich sicher. Richard hatte es getan und er würde es bestimmt ein weiteres Mal versuchen. Das machte es notwendig, schnell zu handeln.

»Wie viel?«, sagte er mit fester Stimme während er zum Kamin hinüberschritt. Er durfte nicht riskieren, dass sein Vater etwas von seiner Absicht bemerkte. Er hob das goldgerahmte Kokoschka-Gemälde ab, eine billige Kopie, deren teures Original sicher verwahrt in einem Schweizer Schließfach lag, und öffnete die dahinter befindliche Stahltür. Sein Vater war mittlerweile nähergekommen und stand nun dicht hinter ihm. Auf seinem Gesicht hatte sich ein vorfreudiges Lächeln ausgebreitet, als Philipp ins Innere des Tresors griff. Und da, neben seiner IWC-Taschenuhr, einer Antiquität aus dem Jahre 1880, welche er zum Opernball zu tragen pflegte, ertastete er ihn, den Lauf der Pistole.

Etwa zur gleichen Zeit saß Tonio Carbonare tief in Gedanken versunken in seinem alten, braunen Lehnstuhl aus gegerbtem Leder. Die Fensterläden des kleinen Raumes waren zugezogen, sodass kein Lichtstrahl in das dunkle Zimmer fiel. Seine Beine hatte er hochgelegt. Die Arme waren im Nacken verschränkt, während er auf die grüne Tischlampe starrte. Es war angenehm kühl und still. Er mochte es, wenn er sich der Welt da draußen für einen Moment ganz verschließen konnte. Hier schien die Zeit stillzustehen. Als wäre sie es leid, fortan

Stunde um Stunde voranzuschreiten. Genüsslich zog er wie jeden Tag um diese Uhrzeit an seiner kubanischen Cohiba, die ihm sein Onkel Vito monatlich per Luftpost zukommen ließ.

Eigentlich war Vito gar nicht sein Onkel. Er war vielmehr eines der höchsten Mitglieder der neapolitanischen Mafia. Sein Zuständigkeitsbereich umfasste die Kontrolle des südamerikanischen Drogenhandels von Brasilien über Paraguay bis Mexiko. Aber Tonio nannte ihn so, seit jenem schwülen Sommertag, als er ihn barfuss, mit zerschlissenen Kleidern an der Piazza Garibaldi aufgelesen und ihm ein Zuhause gegeben hatte.

Tonio selbst hatte es nicht annähernd zu vergleichbaren Ehren gebracht. Doch die bei Onkel Vito erlernten Fertigkeiten ermöglichten ihm ein recht zufriedenstellendes Auskommen und einen abwechslungsreichen Alltag. Zumindest bis zu jenem Zeitpunkt, als er sich auf der Liste der meistgesuchten Mafiosi als ›Nummer 124‹ wiederfand. Zehn Millionen Lire hatte die Direzione Investigativa Antimafia auf seinen Kopf ausgesetzt. Seither war er untergetaucht.

Die Zeit in Wien vertrieb er sich mit allerlei Kleinkram außerhalb seiner eigentlichen Profession und hoffte auf den ›Capo dei capi‹ in Havanna. Bis es so weit war, hatte er also ausreichend Zeit, sich dem Genuss dieser herrlichen Zigarren hinzugeben, dachte er, während sein Blick dem Rauch folgte, der langsam seinem Mund entschwand, völlig ahnungslos, welch unerwartete Wende das Schicksal bereits einige Stunden später an diesem Tag mit ihm vorhaben sollte, als das Telefon schrillte und ihn unsanft aus seinem Trancezustand riss.

Er beugte sich langsam vor und griff in gewohnt ruhiger Manier zum Hörer.

»Hallo?«

Am anderen Ende der Leitung war ein leises Räuspern zu hören, gefolgt von Stille.

Es dauerte eine ganze Weile, bis sich schließlich eine klare feste Stimme erhob:

»Ciao Tonio. Come stai?«

Schlagartig war er hellwach.

Mit einem knappen »Ciao!«, erwiderte er den Gruß, da die Stimme am anderen Ende ohnehin keine Zeit für weitere Höflichkeitsfloskeln zuließ.

»Ich habe einen Auftrag für dich. Heute Nacht erwischen wir ihn!«

»Si!« Er nickte. »Wo und wann?«

»Im Orient. Vermutlich gegen Mitternacht.« Ihre Stimme klang kalt und verbittert. »Ich wünsche diskrete Erledigung. Kein Aufsehen. Hast du mich verstanden?«

»Ja, geht in Ordnung!«

»Ruf an, wenn es erledigt ist.« Ein kurzes Knacken war zu hören, gefolgt von einem durchgehenden Ton, der die Leitung unterbrach. Tonio legte den Hörer zurück auf die Gabel und die Spannung wich allmählich aus seinem Körper. Nachdenklich zog er ein weiteres Mal an seiner Zigarre während sein Blick auf die Beretta fiel, die auf seinem mit allem möglichem Kram übersäten Schreibtisch neben einem verknitterten Stadtplan der Wiener Innenstadt und einigen unscharfen Farbfotos lag. Er wusste, dass er keine Wahl hatte. Bis Mitternacht waren es noch einige Stunden. Ausreichend Zeit also, um die Sache zu planen. Im Übrigen konnte er das Geld gut gebrauchen.

3

Vogue [vog]: Die zu einer bestimmten Zeit herrschende Mode; Beliebtheit, Ansehen oder Wertschätzung, allgemeine Geltung; heute üblicher Ausdruck: en vogue.

»Sophie! Soooo-phie! SOPHIE!«

Mann, bin ich aufgeregt.

»Bitte lächeln!«

Fast ein klein wenig schwindelig.

»Fabelhaft!«

Mein Herz rast richtiggehend und irgendwo in meinem Kopf singt Louis Armstrong ›High Society‹, während Sophie und ich in diesen umwerfend-zauberhaften, geliehenen Roben im Blitzlichtgewitter der Fotografen den roten Teppich entlang schweben. Das alles hier erscheint mir total unwirklich. Wie im Märchen. Oder wie in einem dieser unglaublich tollen Träume, wo du plötzlich in Jeans Größe zero passt, oder dir George Clooney das Frühstück ans Bett bringt, du im Ausverkauf Louboutin-Heels für zehn Euro ergatterst, und du endlich diesen Supermarkt findest, wo das gesamte Sortiment null Kalorien hat.

Von allen Seiten kommt das Blitzlicht. Wahnsinn! Ich hätte nie gedacht, dass das so blendet. Kein Wunder, dass all diese Hollywoodstars ständig mit so riesigen, dunklen Designerbrillen herumlaufen!

Also, ich muss schon sagen, mittlerweile macht mir das Posieren vor den Kameras richtig Spaß. Zugegeben, im ersten Moment war ich ziemlich panisch. Aber dann ist mir dieser Artikel in der amerikanischen OK wieder eingefallen: ›Five Tips for the Perfect Picture‹. Und seither klappt es schon ganz gut mit so Posen, wie eine Hand auf der Hüfte abstützen à la Charlize Theron, oder einen Fuß lässig zur Seite strecken wie Liz Hurley. Das lässt einen angeblich ganze fünf Kilogramm schlanker aussehen. Ach ja, und den vorgestülpten Kussmund von Mrs. Beckham, den habe ich mittlerweile auch schon ganz gut drauf. Denke ich zumindest.

»Sie sehen fabelhaft aus!« Die dunkelhaarige Modejournalistin hinter der Absperrung wirft Sophie einen bewundernden Blick zu. »Von welchem Designer stammt Ihr Kleid?«

»Zac Posen«, entgegnet Sophie mit stolzem Lächeln und dreht eine kleine Pirouette.

»Sie sind nun auf dem Cover der Vogue, werden als das erste große österreichische Topmodel bezeichnet und wurden von Philipp Margold, dem herausragendsten Kamerakünstler unserer Zeit als Muse auserkoren«, fährt Mrs. Reporterella fröhlich fort, »Was ist das für ein Gefühl?«

»Es ist herrlich! Ganz unglaublich! Ich bin wahnsinnig glücklich!«, jubelt Sophie ins Mikro und strahlt mit ihren Bulgaridiamanten um die Wette.

»Was, würden Sie sagen, war das Aufregendste an diesem Shooting?«

»Tja, ich könnte sagen, es war diese wundervolle barocke Location oder die fabelhaften Strümpfe.« Sophie legt ihren frenchmanikürten Finger aufreizend an ihre wohlgeformte Unterlippe und macht eine kurze Pause. »Aber in der Tat war es doch eher … der Fotograf!« Sie zwinkert verführerisch, lächelt nochmals in die Kamera und bevor die Journalistin weitere Fragen stellen kann, bewegen wir uns weiter durch die Menge.

»Wie heißt eigentlich Ihre heutige Begleitung?«, höre ich aus der Ferne eine Stimme und erkenne eine schlanke Rothaarige in einem enganliegenden, asymmetrisch geschnittenen Seidenkleid, die Sophie lächelnd ihr Mikro entgegenstreckt.

»Elisabeth Weitzman«, antwortet Sophie und nimmt meine Hand. »Übrigens die angesagteste Logopädin der Stadt.«

Wow, haben Sie das gehört? Ich lächle sehr bescheiden in die Kameras, muss mir ja nicht gleich jeder ansehen, dass ich stolz wie Oscar bin und versuche zugleich einen sehr kompetenten und intelligenten Blick aufzusetzen. Nur für den Fall, dass ich in die Zeitung kommen sollte.

Ich meine, nicht, dass ich da zu sehr als Partygirl rüberkomme. Das würden meine Patienten bestimmt nicht so gut finden. Und mein Professor schon gar nicht. Der zweifelt sowieso schon die längste Zeit an meinen ernsten Absichten, was meine Doktorarbeit angeht. ›Sie sind sich doch darüber im Klaren, dass eine Dissertation eine ernsthafte wissenschaftliche Auseinandersetzung darstellt, die mit sehr viel Fleiß und Einsatz verbunden ist‹, hat er zu mir gesagt und richtig streng dreingesehen. ›Der Doktortitel ist akademischer Ausdruck wissenschaftlicher Kompetenz … bla bla bla …‹ Er war ganz furchtbar rot im Gesicht und einen Moment lang habe ich echt befürchtet, dass er gleich einen Herzinfarkt oder so was bekommt. Irgendwie hatte er wohl den Eindruck, dass mir der Doktortitel wichtiger wäre als die wissenschaftliche Forschung. Keine Ahnung wie er auf diesen Blödsinn kommt, weil der Titel ist mir ehrlich gesagt so was von egal!

Na ja, gut. Okay. Vielleicht ist er mir nicht ganz egal!

Möglicherweise ist er mir vereinzelte Male durch den Kopf gegangen. Rein theoretisch wäre es auch möglich, dass ich vielleicht schon mal ›Dr. Elisabeth Weitzman‹, auf die Fernsehzeitung gekritzelt habe.

Und ja, ich habe einen Entwurf für mein neues Praxisschild zu Hause. Aber das bedeutet doch keinesfalls, dass ich mich nicht für die Forschung interessiere. Ganz im Gegenteil! Ich lebe sozusagen dafür. Aber ganz nüchtern betrachtet ist Forschen nun mal auf die Dauer wirklich ziemlich anstrengend, mitunter auch etwas langweilig. Und hin und wieder braucht man dann in diesem ganzen Wissenschaftsmarathon eben so eine Art legales Dopingmittel.

Sie wissen schon, etwas, das einen zum Durchhalten anhält, oder besser gesagt, vom Selbstmord ab. Also quasi eine Art Dissertanten-Antidepressivum. Und das ist für mich eben der Dr. phil.

Also, letzte Woche zum Beispiel, nachdem ›Professor Psycho‹ ganz lässig zwischen einem Bissen von seiner Leberkässemmel und einem Schluck Automatenkaffee verkündet hatte, dass ich die letzten 100 Seiten meiner Arbeit noch mal grundlegend überarbeiten oder besser gesagt neu schreiben müsse, da war ich echt so was von absolut sicher, ihn auf der Stelle ermorden zu müssen. Oder mein unsägliches Leiden mit einem spektakulären Sprung von der Reichsbrücke für immer zu beenden. Und dann, auf dem Weg zur U6, bestückt mit meinem allerletzten Milchkaffee und einer überdimensionalen Topfengolatsche als Henkersmahlzeit, da las ich das Schild.

Exklusives Angebot für Doktoranden
Visitenkarten 75% billiger
Wählen Sie noch heute Ihre persönliche Visitenkarte.
Fertigstellung innerhalb von 48 Stunden.
Preis nur gültig für Bestellungen ab 40000 Stück

Okay, zugegeben. 40.000 Visitenkarten sind womöglich ein klein wenig zu großzügig kalkuliert. Aber Erstens kann ich sie ja praktisch mein ganzes Leben lang verwenden und zweitens habe ich erst kürzlich in diesem wirklich wahnsinnig langweiligen ›Arbeitsbuch zur Steuererklärung‹ gelesen, dass man bereits im ersten Jahr der Betriebsgründung alle in den darauffolgenden Jahren notwendigen Anschaffungen tätigen soll. Welch ein Zufall, ich bin im ersten Jahr der Betriebsgründung und mal ehrlich, Psychotherapie wäre bestimmt teurer gekommen. Also bin ich da rein, habe mir ein richtig edles Büttenpapier als Karte ausgewählt, pinkfarbene Schrift für den Druck meines Namens und schon ging's mir bedeutend besser. Und spätestens als ich den Entwurf mit ›Dr. Elisabeth Weitzman‹ darauf sah, in dieser entzückenden Schnörkelschrift, war ich sicher zurück unter den Lebenden. Was soll ich sagen? This day a Printshop saved my life!

Das Tollste an den Visitenkarten ist, dass jeweils 400 Stück in so kleinen weißen Kartonschachteln mit einer riesigen pinkfarbenen Satinschleife verpackt sind. Das heißt, ich habe jetzt insgesamt glaub ich so 1.000 Kartonschächtelchen, die im Moment noch sicher im Wäschekorb und an sonstigen geheimen Plätzen in unserer Wohnung lagern, damit Erik sie nicht findet. Sie wissen ja! Männer sind bei Ausgaben oftmals ein wenig eigen.

Meine Theorie ist ja, dass denen für Superangebote irgendwie eine Art Empfangsteil im Gehirn fehlt oder so. Na ja, außer sie verstehen unter Superangebot eine scharfe Blondine im Minirock mit Riesenmöpsen.

Na jedenfalls habe ich jetzt diese Kartonschächtelchen. Und die haben noch nicht mal extra gekostet. Ist das nicht toll! Weil ich meine, die kann man ja total vielfältig wiederverwenden. Mir sind da schon so viele Ideen gekommen. Also zum Beispiel für … Gummiringe. Genau und … ja … gut, zugegeben, im Moment fällt mir gerade nichts weiter ein, aber wenn ich erstmal länger darüber nachdenke …

»Sophie!«, erklingt da eine dunkle Männerstimme im Hintergrund und im nächsten Moment sehe ich einen sehr attraktiven, dunkelhaarigen Typ im edlen Armani-Smoking und einem umwerfenden Strahlelächeln geradewegs auf uns zukommen.

»Servus!«, ruft er erfreut, umarmt Sophie und drückt ihr einen Kuss auf die Wange, was sogleich ein helles Blitzlichtgewitter zur Folge hat.

Ich erkenne ihn sofort. Es ist Philipp Margold. Und wow, er ist echt UMWERFEND!

Also ganz ehrlich gesagt, ist er in Natura noch viel attraktiver als auf den Fotos, die ich aus Zeitschriften kenne. Er ist groß und schlank, hat dunkle Locken, die in sein braun gebranntes Gesicht fallen, aus dem helle, strahlende Augen hervorblitzen, ein sehr charmantes Lächeln und für einen ganz kurzen Augenblick habe ich das Gefühl, dass zwischen ihm und Sophie mehr ist, als bloß medienwirksame Höflichkeit. Die Art wie sie ihn anlächelt, wie er sie umarmt, ihr einen Kuss auf die Wange haucht ... Doch im nächsten Moment steht eine dunkelhaarige Schönheit in einem Gucci-gold glänzenden Paillettenvintagetraum neben uns, die Sophie mit: »Hallo Paola!« schnell und für meinen Geschmack etwas zu offenkundig höflich begrüßt. Ich kenne ihr Gesicht aus diversen Klatschspalten. Seine Frau. Sie war mal ein gefragtes Model und ich glaube mich zu erinnern, dass sie in einer dieser Champagnerwerbungen für Taittinger oder Moët von Karl Lagerfeld fotografiert wurde.

»Wie war die künstlerische Zusammenarbeit mit Sophie?« Die in ein bodenlanges, korallenfarbenes Chiffonkleid gezwängte Reporterin hält Philipp lächelnd das Mikro vor die Nase.

»Nun, es war einfach großartig!« Seine Augen strahlen, während er sanft den Arm um Sophies Hüfte legt. »Sophie hat eine unnachahmlich frische, natürlich-erotische Ausstrahlung«, versichert er und schenkt ihr ein umwerfendes Strahlelächeln, was die makellosen Gesichtszüge seiner Frau noch weiter gefrieren lässt. »Das machte einen sehr subtilen Einsatz der Belichtung während des Shootings möglich.« Er zieht süffisant die dunklen Augenbrauen hoch: »Weniger ist letztendlich oftmals mehr. Das haben Fotografie und Lingerie wohl gemeinsam.«

4

Aber natürlich, wenn man in ihnen geht,
dann passiert eine augenblickliche Verwandlung.
Man zieht sie an und wird eine andere Person.
Manolo Blahnik

Ildikó Kourkowa sah hinreißend aus in dem schwarzen Abendkleid, das ihren sanft gebräunten Rücken raffiniert zur Schau stellte. Ihr blondes Haar hatte sie im Nacken zu einem schlichten Knoten gebunden und mit einer Strassspange komplettiert. Nervös warf sie einen kurzen Blick auf die Wanduhr, während sie ein weiteres Mal an ihrer Zigarette zog: 20.30 Uhr.

In einer halben Stunde etwa würde das Schaulaufen der Prominenz am roten Teppich zu Ende gehen und dann war Showtime. Doch schon der bloße Gedanke an den bevorstehenden Abend ließ sie erschaudern. Würde er sie erkennen? Und wenn, wie würde er reagieren?

Nervös nahm sie einen erneuten Zug von ihrer Zigarette. Was würde er wohl sagen? War es klug gewesen, hierher zu kommen? Würde es ihr denn überhaupt gelingen oder würde es bloß die schmerzhaften Wunden erneut aufreißen?

Die ganze Geschichte lag mittlerweile Jahre

zurück. Zehn Jahre um genau zu sein. Eine verdammt lange Zeit.

›Die Zeit heilt alle Wunden. Du wirst darüber hinwegkommen‹, hatten sie ihr wiederkehrend erklärt. Sie alle hatten es gut mit ihr gemeint. Ihre schockierten Eltern, ihre mitfühlenden Freunde, ihre engagierten Therapeuten, die Ärzte, die sie nach ihren beiden Selbstmordversuchen betreut hatten. Zehn Jahre, ausreichend Zeit um Verletzungen auszuheilen, Erlebtes zu verarbeiten und ruhen zu lassen. Sie wusste, dass sie kein Einzelschicksal gewesen war, dass laut Statistik allein in Budapest jedes Jahr 2.500 Frauen vergewaltigt wurden. Sie alle waren durch diese Hölle gegangen. Doch sie machten weiter, kamen darüber hinweg, lebten ihre Gegenwart und planten ihre Zukunft. Warum gelang ihr das nicht?

Sie ließ es zu, dass ihre Vergangenheit ihre Gegenwart und Zukunft zerstörte. Sie verabscheute sich dafür, dass sie so hilflos, so ausgeliefert, so schwach war. Nicht nur damals, als es geschah. Nein, bis zum heutigen Tage.

Sie ging hinüber zur Minibar. Das Hotelzimmer kostete sie für die eine Nacht bereits die Hälfte ihres Monatsgehalts. Es erschien äußerst unklug, das letzte Geld für den maßlos überteuerten Vodka aus der Zimmerbar auszugeben, doch sie musste ihre Nerven besänftigen. Mit gezieltem Griff holte sie die Flasche heraus, schraubte den Verschluss auf und nahm einen großen Schluck daraus.

Als der Alkohol ihre Kehle hinabbrannte, beruhigte sie sich zusehends. Vorsichtig, ohne ihr Secondhand-Escadakleid zu verknittern, nahm sie auf dem unbequemen, hellen Holzstuhl Platz, der neben ihrem ebenso wenig komfortablen Bett stand, und dämpfte ihre Zigarette aus. Es war an der Zeit, den Handlungsablauf nochmals durchzugehen.

Sie wusste, dass sie erst mit dem Ringwagen bis zum Karlsplatz und dann mit der U4 bis zur Station Schönbrunn fahren musste. Von dort waren es nur ein paar Schritte zu Fuß bis zum Schloss. Vermutlich gegen 23.00 Uhr würde der offizielle Teil des Events enden. Sie würde sich jedoch nicht lange aufhalten können, wenn sie ihren Zug nicht versäumen wollte, denn morgen früh müsste sie wie jeden Wochentag in den vergangenen Jahren pünktlich um 9 Uhr die Ordination aufschließen. Professor Sékésy duldete keine Unpünktlichkeit seiner Angestellten. Sie musste also zusehen, dass sie alles in der kurzen Zeit schaffen konnte, ohne dabei Aufsehen zu erregen.

Ein weiteres Mal plante sie mit höchster Konzentration die einzelnen Schritte, welche sie bereits Wochen zuvor präzise durchdacht hatte. Es war äußerst unüblich für sie, Pläne zu schmieden. Ja, schon die Tatsache, überhaupt irgendetwas im Voraus festzulegen, widersprach ihrem Naturell. Vermutlich lag es daran, dass sie bisher keinerlei Ziele verfolgte, die das Aufstellen eines Planes erforderlich gemacht hätten. Dies änderte sich mit einem Schlag, als ihr der Gedanke in den Sinn gekommen war, hierher zu kommen.

Es war ein Tag wie jeder andere gewesen. Sie hatte gerade in ihre lieblos zubereitete Palacsinta Csesznek gebissen und wäre fast daran erstickt, als sie sein Bild in der Zeitung entdeckte. Er war es! Tatsächlich.

Sie wusste, dass er mittlerweile ein ziemlich erfolgreicher Fotograf geworden war, geheiratet hatte, in Wien und New York lebte. Über all die Jahre hinweg hatte sie seine Schritte in den Medien heimlich verfolgt und doch erschrak sie jedes Mal erneut, wenn sie sein Gesicht wiedersah. Die Hochglanzmagazine, welche in der Ordination für die betuchten Patientinnen ihres Arbeitgebers auflagen, waren zu Ildikós ständigen Begleitern während der Mittagspausen geworden. Sie waren eine willkommene Form des Abtauchens zwischen all den Plombierungen, Wurzelbehandlungen, Zahnprothesen und zudem eine nützliche Informationsquelle, wie sich nun ein weiteres Mal bestätigte. Ein Interview mit ihm war abgedruckt, in dem er von dem Shooting für Wolford sprach. Er war ein Star.

Der Tag, auf den sie, ohne es zu wissen, all die Jahre gewartet hatte, war gekommen. Sie kannte den Ort und die Zeit. Und obwohl sie noch nicht wusste, was genau sie mit dieser Information eigentlich anfangen sollte, so erkannte sie dennoch sogleich, dass dies ihre Chance war.

Sie würde sie sich nicht nehmen lassen. Das Schweigen hatte sich gelohnt, dessen war sie sich sicher. Und so begann sie, die einzelnen notwendigen Schritte akribisch genau zu planen.

Ein weiterer Blick auf die Uhr sagte ihr, dass es nun höchste Zeit war, aufzubrechen. Sie sprang auf, schlüpfte flink in ihre geliehenen Manolo Blahniks, schließlich wollte sie rein äußerlich den modischen Ansprüchen, die ein solches Event mit sich brachte, entsprechen, und begann geschickt damit, die Riemen um ihre schlanken Beine zu binden. Danach holte sie aus ihrer farblich perfekt zu den Schuhen abgestimmten Diortasche ein kleines rundes Fläschchen mit der Aufschrift ›Chance‹ hervor und hüllte sich in die lieblich-blumige Note. Sie hatte das Chanelparfum zu ihrem Talisman auserkoren, schließlich stand es für Glück und davon konnte sie eine Extraportion gebrauchen, um ihren Plan gelingen zu lassen. Hastig ließ sie das Fläschchen zurück in die Tasche gleiten, warf einen letzten prüfenden Blick in den Spiegel und ließ die Tür zu ihrem Zimmer ins Schloss fallen. Nun durfte sie keine Zeit mehr verlieren.

5

Stunden später sitze ich mit einer Schale edelsten Bollinger-Champagner in der Hand, dem – soweit ich noch im Stande bin zu zählen – dritten, an Erik gekuschelt, im Gras vor den herrschaftlichen Schlossarkaden und wir genießen die sternenklare laue Sommernacht, untermalt von den ruhigen Jazzklängen, die aus dem Inneren des festlich erleuchteten Gartenpavillons zu uns nach draußen dringen. Meine Schuhe liegen neben Eriks dunklem Smokingsakko auf den steinernen Stufen der Gloriette, wir sehen hinunter auf den uns zu Füßen liegenden barocken Schlossgarten, die dahinter hell funkelnden Lichter der Stadt und genießen die letzten Minuten jenes Abends, über den am nächsten Tag zu lesen sein wird: *Es war die Nacht der Nächte. Die Vogue und das Luxusstrumpflabel Wolford luden zum illustren Dinner nach Wien, zu Ehren von Kamerakünstler Philipp Margold und der von ihm inszenierten Juli-Ausgabe ›Passion by P.M.‹ mit Topmodel Sophie Schwarz. 300 Gäste kamen an einem lauen Sonntagabend und feierten in den opulent geschmückten Barockräumen der Gloriette, dereinst von Kaiserin Maria-Theresia auf dem Hügel oberhalb des Schlosses Schönbrunn erbaut. Das Gastgeschenk, eine schwarze*

Augenmaske von Fiona Benett als Hommage an Margolds Passion zur Redoute, wurde dabei zum rasch adaptierten sexy Eyecatcher.

Mein Süßer war gekommen, nachdem die internationale Pressemeute bereits gegangen war. Und das war ziemlich präzise gleich nachdem sie ihre Hochglanzpromibilder vom roten Teppich im Kasten und den Großteil der teuren Canapés im Bauch hatten. Zeitgleich verschwanden auch die meisten Celebrities, bevor sie sich versichert hatten, dass die von ihnen in den morgigen Klatschspalten abgedruckten Bilder sie auch ausreichend glamourös sowie vorteilhaft in Pose zu setzen vermochten. Und Sophie, die habe ich bestimmt seit drei Stunden nicht mehr zu Gesicht bekommen. Genau genommen habe ich sie nicht mehr gesehen, seit sie lachend an Philipps Arm zu irgendwelchen Interviews verschwand. Ich konnte ihr noch nicht mal sagen, dass ihr Manager während des Dinners einen Anruf von den Anwälten dieses Kosmetikkonzerns erhalten hat und der Termin für die Unterzeichnung ihres Exklusivvertrags nächste Woche in New York fixiert ist.

»Honey, lass uns gehen!«, zerplatzen da Eriks Worte mit einem Schlag die mich einhüllende Bubble wunschlos-beschwipster Glückseligkeit, in welcher zu verweilen ich mir bis wenigstens Sonnenaufgang fest vorgenommen hatte. »Es ist gut möglich, dass ich morgen nach London muss.«

»London?«, gebe ich mich schwer von Begriff, in der winzigen Hoffnung, dass das womöglich etwas an den unerfreulichen Tatsachen der folgenden Tage ändern könnte.

Tut es aber nicht.

»Der MacKanzie-Deal macht Probleme«, fährt Erik ungerührt fort, während er sein Champagnerglas auf der Steintreppe abstellt. »Die brauchen Verstärkung beim Closing.« Er greift nach seinem Sakko und ich ziehe ein enttäuschtes Gesicht.

Ich meine, er war doch erst letzte Woche da, wir sind dienstags bei meinen Eltern zum Abendessen eingeladen, er weiß, wie ungern ich alleine bei ihnen aufkreuze und überhaupt: »Was wird aus Bruckner's Siebter?«

»Du kannst doch mit Sophie hingehen. Ich bin mir sicher ...«

»... sie findet wieder einen Philharmoniker, dessen Fingerfertigkeit sie in der Künstlergarderobe überprüft?« Ich werfe Erik einen genervten Blick zu, während ich mich vom Boden aufrapple, mein Kleid zurechtzupfe und vorsichtig in meine schmerzenden Highheels schlüpfe.

»Elli! Das ist ein Milliardendeal. Ich kann kein Risiko eingehen. Wenn wir keinen geeigneten Kandidaten finden – wenn die Fusion mit Lukoil ins Wasser fällt, dann ...« Er bricht ab.

»Ich muss Michael treffen«, sagt er nach einer Weile, in der ich in Gedanken bereits eine Ausrede für Mama erfunden und mich erfolgreich damit getröstet habe, dass sich die Konzertkarten am Schwarzmarkt vermutlich in ein äußerst schickes Paar Louboutins verwandeln lassen würden. Also nicke ich. Erik hat recht. Wenn ihm jemand helfen kann, dann Michael O'Donnell.

Er ist so was wie der Donald Trump der Headhunter für internationale Topanwälte, spezialisiert im Bereich Firmenübernahmen und -fusionen. Seine Londoner Firma hat seit ihrer Gründung ein kleines Vermögen gemacht. So klein, dass er schon längst nicht mehr arbeiten und stattdessen seine über die Welt verstreuten Luxusanwesen, Sportkarossen und Polopferde genießen könnte. Ein Anruf von ihm kommt einem Lottogewinn gleich und bedeutet für jeden Anwalt, dass er auf der Karriereleiter ganz oben angelangt ist. In den letzten Jahren hat er Eriks Kanzlei einige Topleute vermittelt und als wir beide vorigen Herbst für zwei Monate in Englands Hauptstadt waren, weil Erik den Börsengang einer britischen Softwarefirma regeln und dazu vor Ort sein musste, habe ich ihn und seine Frau Bridget kennengelernt.

»Also, was denkst du?«

»Dass der Abend hiermit offiziell beendet ist!« sage ich, nachdem ich das letzte Gänseblümchen aus meinen Haaren gezupft habe und ringe mir ein Lächeln ab.

»Wieso beendet?«

Eriks Augen glitzern auf einmal ganz bedeutungsvoll und ein verschmitztes Lächeln huscht über sein Gesicht, als er mich unvermutet an sich zieht. »Ich würde viel eher sagen, dass der Abend gerade erst anfängt.« Seine Augen fixieren mich, während er nach der schwarzen Augenmaske greift und langsam meinen Nacken damit entlangstreicht. »Schließlich haben wir die hier ja noch gar nicht ausprobiert.«

6

Nach einigem Probieren war es ihr gelungen, den kleinen schwarzen Koffer sicher am Gepäckträger über ihr zu verstauen, als eine dunkle Stimme aus dem schäbigen Lautsprecher neben ihrem Kopf erklang.

»Willkommen an Bord des Eurocity Bartók Béla nach Budapest via Györ, mit Aufenthalt in Bruck an der Leitha und Hegyeshalom. Im vorderen Teil des Zugwagens befindet sich das Bordrestaurant. Wir wünschen Ihnen eine angenehme Fahrt.«

Ihr Herz pochte und ihr Gesicht war noch immer ganz rot vor Anstrengung, als sie sich erschöpft in den weichen Polstersitz sinken ließ. Das Abteil, in dem sie sich niedergelassen hatte, war zu ihrer Freude vollkommen leer. Um diese Uhrzeit fuhren nicht viele Menschen mit der Bahn. Wenn sie Glück hatte, kam noch nicht mal ein Schaffner zur Ticketkontrolle vorbei. Sie konnte sich also ruhigen Gewissens erstmals an diesem Abend fallen lassen. Alles war nach Plan verlaufen. Na ja, vielleicht nicht in jedem einzelnen Punkt, aber letztlich hatte sie ihr Ziel erreicht. Sie konnte kaum glauben, wie einfach es gewesen war. Es bedurfte keiner großen Worte. Es war ihm sofort klar, wer sie war und was sie vorhatte. Die Vergangenheit hatte ihn eingeholt, daran bestand kein Zweifel. Sie konnte sein Unbehagen –

oder war es gar Angst? – förmlich riechen. Wie den Geruch seines Aftershaves, der in ihrem Gedächtnis unauslöschbar eingebrannt war. Eingebrannt mitsamt den dunklen Erinnerungen an jene Nacht.

Es war kurz nach Weihnachten. Sie war eben erst 16 geworden und das allererste Mal in Wien. Die ganze Stadt ruhte unter einer zauberhaft weißen Schneedecke, dicke Flocken fielen vom Himmel und die Lichter der Laternen am Ring ließen die Stadt märchenhaft erglänzen, während sie in einer der letzten Szenen des Fotoshoots für die Zeitschrift ›Wienerin‹ in einem glamourösen Valentinotraum aus tiefroter Seide einer Fiakerkutsche mit zwei schwarzen Hengsten entstieg, um ins Innere der Wiener Oper zu gelangen.

Sie hatte sich sofort verliebt. In die Stadt, in all das Glitzern und Glänzen, die glamourösen Abendroben, die prunkvollen Ballsäle, den Wiener Walzer und vielleicht auch ein bisschen in den charmanten, eloquenten Fotografen, der sie nach der gelungen Arbeit einlud, mitzukommen, um im Volksgarten zu feiern. Niemals hätte sie gedacht, dass diese Begegnung ihr gesamtes Leben dermaßen auf den Kopf stellen würde.

Als sich der Wagen endlich in Bewegung setzte und die hellen Großstadtlichter zunehmend schneller an ihr vorbeizogen, beruhigte sie sich langsam. All die Aufregung und Angst in ihrem Inneren schien Platz zu machen für ein sich ausbreitendes, beglückendes Gefühl der Genugtuung, der Stärke und des Stolzes. Paradoxe Intention. Ja, so hatte es Professor Balász genannt, wenn eine angstbesetzte Situation zur Traumabewältigung gezielt herbeigeführt wurde. Zugegeben, es war riskant gewesen, ihm ins ›Orient‹ zu folgen. Doch an jenem Ort hatte ihre Geschichte begonnen. Und daher musste sie hier ihr Ende finden.

Obwohl sie mittlerweile sicher war, dass sie nichts mehr zu befürchten hatte, ließ ihr Perfektionismus sie dennoch den im Nacken gebundenen Haarknoten öffnen, ihre Strassspange in ihrer kleinen goldenen Diortasche verschwinden und mit flinker Hand ihr divenhaftes Make-up mit einem Removerpad entfernen. Nun entsprach ihr Äußeres wieder der kleinen, unschuldigen Zahnarztassistentin, die sie war, bevor sie sich auf den Weg hierher gemacht hatte. High Heels können eine Frau größer machen, dachte sie, als sie mit einem zufriedenen Lächeln langsam die Riemen um ihre Fesseln löste, aber gehen muss man immer noch allein. Die eigentliche Stärke bringt man selbst mit. Das war ihr heute Abend klar geworden. Sie fühlte, dass sie von nun an die Vergangenheit ruhen, die Gegenwart leben und ihre Zukunft planen konnte. Und das hatte sie allein sich selbst zu verdanken. Es war an der Zeit, die neue Ildikó zu begrüßen.

»Hallo? – HALLO?«

Niemand antwortete. Er versuchte erfolglos, durch den winzigen Türspalt ins Zimmer zu spähen.

Angestrengt überlegte er, was er nun tun sollte. Den Moët abstellen, einfach wieder nach unten zum Telefon gehen und abwarten? Im Zimmer des Herrn anrufen? Oder die unangenehmere Variante, das Zimmer betreten und nachsehen? Er entschied sich für Letzteres, schob lautlos die Tür zur Seite und tat zögernd einige Schritte ins Innere des Raumes. Es war dunkel und roch nach Moschus oder Sandelholz.

»Hallo?«, erhob er seine mittlerweile etwas zittrige Stimme erneut.

Doch auch dieses Mal blieb man ihm die Antwort schuldig. Es blieb ihm nichts anderes übrig, als sich vorsichtig im Dunkeln die Wand entlang hinüber zur venezianischen Kommode zu tasten. Zögernd suchte seine Hand nach dem Schalter, als würde sie erahnen, welch schauriges Bild sich ihm gleich darbieten würde. Das Licht ging an … Und da lag er. Ein Mann mittleren Alters.

Sein nackter Körper war von der Hüfte abwärts in ein tief rotes Seidenbrokatlaken gehüllt. Sein Gesicht war zur Seite gedreht, seine Augen aufgerissen. Zwischen den blau angelaufenen Lippen quoll die Zunge hervor. Den Hals entlang breiteten sich tiefe, blau-rote Striemen aus.

Entsetzt schreckte er zurück. Schließlich, torkelnd wie ein Betrunkener, schaffte er es zum Telefon und wählte mit zittriger Hand die Nummer der Polizei.

7

Meine Mum sagte immer zu mir: ›Man kann nicht immer nur Spaß haben.‹ Und ich antwortete: ›Warum nicht? Warum, zum Teufel kann ich nicht immer nur Spaß haben?‹

Kate Moss

»Hör auf hier, wie wild Sturm zu läuten! Du Wahnsinnige!«, quietsche ich genervt, als ich nach einem verschlafenen Blick durch den Spion am Schlüssel drehe. »Es ist 3 UHR!«, bin ich dabei, meinem nächtlichen Ärger weiter freien Lauf zu lassen. »Erik hetzt dir eben die Polizei auf den Hals, du Irre«, und verstumme, sowie ich ihre Gestalt im Türbogen erblicke.

Sie sieht furchtbar aus! Nein, furchtbar ist gar kein Ausdruck. Ich erkenne sie kaum wieder. Einer Totenbleiche ist ihr ansonsten strahlender Teint gewichen und zerflossen-schwarze Dior-Mascara umrandet ihre blutunterlaufenen, verquollenen Augen, aus denen dicke Tränen ihre hohen Wangenknochen hinabkullern. Das kunstvoll geraffte Seidenkleid von Zac Posen, das noch vor einigen Stunden ihren Traumbody eindrucksvoll im Lichte der Kameras erstrahlen ließ und ihr vermutlich in den nächsten Tagen mindestens ebenso viel Publicity einbringen sollte wie einst Liz Hurley der schwarze Sicherheitsnadellook von Versace, hängt derart betrübt an ihrem zitternden Körper, dass ich vor Schreck wie gelähmt bin. Niemals habe ich Sophie so gesehen.

Nicht als sie mit elf vom Rücken ihres Araberhengstes Matteo gestürzt war und sich das Bein und mehrere Rippen gebrochen hatte, nicht als dieser blonde britische Schauspieler mit dem charmanten Lächeln und dem bekannten Hang zu den Nannys seines Nachwuchses nach einem One-Night-Stand nicht mehr anrief und nicht als ihr diese blutjunge Hollywoodschauspielerin die Kampagne für Louis Vuitton vor der Nase weggeschnappt hatte.

Nein, im Gegenteil! Eigentlich bin ich diejenige, die immer gleich heult. Egal ob die Pandabärmutter in Schönbrunn ihr Neugeborenes ablehnt, James Blunt ›I will never be with you‹ singt oder ›Ist da jemand?‹, diese traurige Kinderstimme im Spendenfernsehen erklingt.

»Elli!« Sophies heisere Stimme dringt nach und nach in mein Bewusstsein, bevor sie mit: »Es ist alles aus!«, zusammenbricht.

»Gar nichts ist aus«, behaupte ich kurze Zeit später, während ich Sophie auf der Couch sitzend mit mäßigem Erfolg ein paar Schluck Willy-Dungl-Beruhigungstee einzuflößen versuche und ihr ein weiteres Taschentuch reiche. Erik tigert derweil barfuss mit seinem Blackberry am Ohr und einem befreundeten Anwalt für Strafrecht in der Leitung, in seinen alten Bluejeans samt Poloshirt, kombiniert mit einem ziemlich zerknautschten Gesichtsausdruck und strubbeligem Haar – Schlafmangel war noch nie seine Stärke – im Zimmer auf und ab, während Sophie halbwegs dazu in der Lage ist, wenn auch immer wieder von Weinkrämpfen geschüttelt, uns zu erzählen, was vorgefallen ist. Das Wesentliche zusammengefasst: Sophie hat den Abend im Anschluss an die Party mit Philipp Margold in einem Stundenhotel am Tiefen Graben, na ja, sagen wir mal, ausklingen lassen.

Ja, ich weiß! Aber ich denke es wäre nicht gerade der geeignetste Zeitpunkt gewesen, um mit ihr über moralische Wertvorstellungen zum Thema One-Night-Stands mit verheirateten Secondhands zu diskutieren.

Mittlerweile sind wir in der Erzählung so weit vorangeschritten, dass Philipp Margold etwa zum selben Zeitpunkt eine zweite Flasche Champagner aufs Zimmer orderte, als Sophie eben damit beschäftigt war, ihre Modelmaße in laufstegtaugliches oder besser gesagt matratzensporttaugliches Licht zu rücken. »Und als ich aus dem Bad zurückkam«, sie greift sich ein weiteres Taschentuch und putzt sich zittrig die Nase, während wir, Erik und ich, sie erwartungsvoll anstarren, »da lag er da.« Sie schluchzt. »Erst dachte ich, es wäre bloß der viele … Champagner, also habe ich versucht, ihn zu wecken, doch er hat überhaupt nicht reagiert.«

»Und weiter?« Eriks Stimme klingt zunehmend genervt.

»Ich bin völlig durchgedreht. Ich hab' ihn angeschrien, gerüttelt, doch er hat sich einfach nicht gerührt.« Erneut bricht sie heulend in sich zusammen und ich überlege eben, ob ich wohl noch ein paar Beruhigungstabletten von unserem letzten Asientrip in der Hausapotheke habe, als sie plötzlich kaum hörbar fortfährt: »Ich war in Panik. Ich wusste nicht, was ich tun sollte. Also habe ich meine Sachen vom Boden aufgesammelt, mich angezogen und bin weggelaufen.« Und mit einem Mal steht fest, Sophie steckt in Schwierigkeiten. Und zwar in ERNSTEN Schwierigkeiten, die weder mit einem zuckersüß verpackten Exemplar der limitierten Luxusvuitton als Entschuldigung für die ›Frisösenschasstrommel‹ noch einem Sitzplatz in der heißbegehrten ersten Reihe der Marc Jacobs Show zu lösen sein würden.

»Wie weggelaufen?« Eriks Gesichtszüge drohen langsam aber sicher zu entgleisen, während er kontrolliert seinen Blackberry zur Seite legt und ihn Sophie verständnislos unschuldig anguckt.

»Na hierher, zu euch!«

Ich schlucke. Jeder Muskel meines Körpers ist

bis zum Anschlag gespannt. Ich bringe angesichts Eriks versteinerter Miene kein Wort heraus, als er sagt:

»Kannst du das BITTE wiederholen?«

Sophie setzt, nervös an ihrem Tee nippend, zu einer Erwiderung an, während ich mich nicht getraue, auch nur den Kopf in Eriks Richtung zu bewegen. Ich kann nichts, überhaupt nichts mehr denken. Außer, dass er jetzt bestimmt gleich und auf der Stelle komplett durchdrehen wird. Dass er sie für vollkommen verrückt erklären wird.

»Verstehe ich das richtig?« Ich höre, wie er sich um Sachlichkeit bemüht, obwohl er wohl gerade kurz davor ist, laut aufzuschreien. »Philipp Margold liegt tot in der Kaisersuite des Hotels Orient«, er atmet langsam und tief aus, »und du bist OHNE irgendjemanden, geschweige denn die Polizei, über diesen Umstand in Kenntnis zu setzen, einfach so geflüchtet?«

Sophie, die noch immer regungslos dasitzt, nickt betreten und ich bin nicht sicher, ob sie mir leid tun oder ob ich sie auf der Stelle mit ihrer Giambattista Valli Türkiskette erwürgen soll. Ich meine, warum muss sie sich in Liebesdingen bloß immer so anstellen, sich von einem Chaos ins andere hineinmanövrieren? Wieso kann sie nicht, wie wir anderen auch, einfach einen ganz netten Normalotypen kennenlernen, einige Male schick mit ihm essen und erst dann mit ihm in die Kiste steigen?

Nein, es müssen schon einflussreiche Investmentbanker, Immobilientycoons, vermögende Oligarchen oder amerikanische Golfprofis sein, nicht zu vergessen internationale Starfotografen. Und nicht nur, dass sie immer alle den obligaten Ring am Finger tragen, ›denn einen Singlemann für sich zu interessieren wäre doch viel zu einfach‹, nein, gnädige Frau beschließt, das exklusive Accessoire auch immer sofort und auf der Stelle haben zu wollen, selbst wenn der Buffettisch auf der Inaugurationsfeier ihres Vaters zum Studiendekan dazu herhalten muss.

Ja, so ist sie eben, egal ob sie sich unsterblich in den Typen vom Catering oder ein schickes Paar Manolos verliebt. Und warum das alles? Weil Sophie nun mal schrecklich spontan und impulsiv ist, wie man auch in so ziemlich jedem ihrer Interviews nachlesen kann.

Diese Impulsivität heißt aber auch, dass es schon mal passieren kann, dass, sowie sich die Liaison für Sophie ausgeträumt hat, Mr. Dreamy sich schon bald splitterfasernackt samt seiner Telefonnummer auf einer bundesweiten Postwurfsendung wiederfindet oder ihm eine Homepage unter www.impotent.at eingerichtet wird.

Aber so sehr mich dieses Verhalten immer wieder zur Weißglut bringt und so sehr ich mich all die Jahre darüber gewundert habe, dass sie überhaupt bisher immer so glimpflich davon gekommen ist, so sehr war es eben diese Unbekümmertheit, die ich an ihr bewunderte, um die ich sie manches Mal geradezu beneidete, wo ich doch selbst viel zu bodenständig und verantwortungsbewusst war, oder kurzum langweilig!

Schließlich hatte ich keinerlei verrückten One-Night-Stand, geschweige denn irgendwelche Drogenerfahrungen vorzuweisen – außer Sie zählen das Riesenstück Mohnstrudel, das ich jeden Mittwoch bei meiner Mum zum Milchkaffee verputze, mit und ich bin dermaßen harmoniesüchtig, dass ich es noch nicht mal fertigbringe, mein Bunte-Abonnement zu kündigen. Na ja, zumindest musste ich mir aber jetzt auch keine Gedanken über das Interieur meiner Gefängniszelle machen.

»Denkst du, dass du die wirklich alle brauchst?«, frage ich später an diesem so aufregend begonnenen Tag etwas ungläubig, während Sophie und ich, nach wenigen Stunden mehr schlechtem als rechtem Schlaf und den aktuellsten Margoldmordnews der Zeit-im-Bild-Sondersendung am steinernen Küchenboden hockend mit vereinten Kräften versuchen, ein Paar königsblaue Pradapumps aus ihrer mit Designer-Highheels vollgestopften krapproten Lindy Voyage Stierledertasche zu ziehen. »Ich meine, du kannst ja sowieso nicht vor die Tür«, bemerke ich vorsichtig und denke mit Schaudern an den morgendlichen Paparazzi-Spießrutenlauf im Anschluss an das Polizeiverhör.

»Sag mal, spinnst du?«, gerät Sophie in Rage, springt wütend vom Boden auf und fasst sich theatralisch an die Brust. »Siehst du denn nicht, was hier passiert? Ich stehe unter MORD-VER-DACHT. HALLO. Ich bin Tagesthema in den Nachrichten, die dämliche Presse belagert mich. Mein Idiot von einem Manager ist wie vom Erdboden verschluckt, ich muss auf eurer unbequemen Couch schlafen und vor lauter Frust ist mein Blutzuckerspiegel bestimmt schon dermaßen angestiegen, dass ich mindestens zwei Kilo zugenommen habe. Mal ganz abgesehen von all den Sorgenfalten, die sich wohl jeden Moment in mein botoxfreies Gesicht unwiederbringlich eingraben werden. Findest du also wirklich, dass ich nicht schon genug gestraft bin?«, faucht sie und deutet in Richtung Küchenfernseher, aus dem uns die anklagenden Worte des Nachrichtensprechers entgegendröhnen. *»Was steckt hinter der Fassade des international gefragten Topmodels Sophie Schwarz? Wie verbrachte Philipp Margold die letzten Stunden vor seinem Tod? Das und mehr erfahren Sie gleich, nach der Werbung hier bei uns auf ORF.«*

»Ist dir denn überhaupt nicht klar, was hier passiert?«, fährt sie vorwurfsvoll fort und reißt die Arme in die Höhe, während am Bildschirm eine Werbung für Manner-Schnitten läuft.

»Ich wandere womöglich ins Gefängnis. Hast du gehört? GE-FÄNG-NIS!!! Kittchen! Häf'n! Schwedische Gardinen! Die Vogue wird mich aus der Model-Top-10-Liste, mein Manager aus seinem Notizbuch und Hermès von der Warteliste streichen.« Sie wirbelt wild herum, schnappt aufgeregt nach Luft und noch bevor ich irgendetwas entgegnen kann, rauscht sie zum Küchentisch hinüber, greift sich ein Briochekipferl, steckt es frustriert in den Mund, reißt erschrocken die Augen auf und spuckt alles im selben Moment wieder aus. »Begreifst du nun, wie schlecht es mir geht?«, quietscht sie, während sie das restliche Brioche in den Müllkorb stopft. »Jetzt vergesse ich schon, dass ich eigentlich überhaupt keine Kohlehydrate esse.«

Ich versuche mich derweil angestrengt in ozeanischem Atmen und beschwöre mich, sie keinesfalls als eine egoistische, verzogene, dumme Murke zu beschimpfen, während ich mir aus tiefstem Herzen wünsche, sie wäre eben an diesem dämlichen Kipferl erstickt, als mein Handy läutet. Ich sehe kurz aufs glänzende Display und hebe ab.

»Elli!«, höre ich sogleich die alarmierte Stimme meiner Mutter am anderen Ende der Leitung, während ich einen entzückend-zitronengelben Tod-Ballerina aus Sophies Tasche ziehe. »Geht's dir gut? Dein Vater und ich haben gerade etwas Unfassbares gehört.« Ihre Stimme ist bestimmt eine Oktave höher und sie holt dermaßen tief Luft, dass ich ehrlich Angst habe, sie könnte im nächsten Moment hyperventilieren. »Also, die haben in den Nachrichten gesagt, dass Sophie jemanden umgebracht haben soll. Irgendeinen Paparazzi.«

»Fotografen«, berichtige ich sie, was sie aber wie sonst auch, einfach ignoriert, da sie viel zu sehr damit beschäftigt ist, weiter in Panik zu geraten. »Aber wie kann denn so etwas passieren? Die muss man doch rechtlich belangen.« Mittlerweile ist sie so völlig außer sich, als wäre sie einem Geist begegnet, oder Hansi Hinterseer höchstpersönlich. »Einen solchen Unsinn zu verzapfen. Das ist doch Rufmord. Also du musst das unbedingt sofort mit Erik besprechen.« Sie klingt dermaßen entsetzt, dass ich allen Ernstes befürchte, sie könnte gleich in Ohnmacht fallen oder womöglich einen Nervenzusammenbruch erleiden. So wie damals, als Stefan, mein Cousin, mit seinem nigel-nagelneuen Mofa nicht mehr rechtzeitig bremsen konnte und mit vollem Karacho mitten durch ihr liebevoll gepflegtes Rosenbeet gebraust ist.

»Mum«, versuche ich ihren Redeschwall zu unterbrechen, was zugegebenermaßen gar nicht so einfach ist, da sie nämlich ohne Punkt und Komma immer weitersprudelt. »Mum!«, mittlerweile schreie ich so laut ich kann in den Hörer, »Erik weiß es bereits.« Ich räuspere mich. »Und es stimmt! Philipp Margold wurde ermordet und

Sophie steht unter Mordverdacht«, füge ich kleinlaut hinzu. Meine Mum erwidert kein Wort, aber ich höre förmlich, wie ihre Gedanken Purzelbäume schlagen. »Mum, jetzt beruhige dich bitte mal!«, versuche ich sie zu besänftigen. »Es stimmt zwar, Sophie war zur Tatzeit bei ihm. Aber sie hat ihn natürlich nicht umgebracht.« Sophie, die das ganze Gespräch mitangehört hat, steht jetzt neben mir und nickt entschieden mit dem Kopf. »Wir waren bei der Polizei. Sophie hat ihre Aussage gemacht. Sie wurde auf Kaution freigelassen und wird für ein paar Tage bei uns bleiben. Bis das Schlimmste vorbei ist.«

»Aber wie konnte das denn bloß passieren? Wie geht es ihr?«

»Ich weiß im Moment auch nicht viel mehr als du«, flunkere ich, schließlich will ich sie mit Sophies Stundenhoteldetails nicht noch weiter aufregen, »aber ich würde sagen, dass es ihr den Umständen entsprechend gut geht. Wir werden jetzt mal eine schöne Tasse Tee trinken und überlegen, wie es weitergeht.«

»Ja. Das ist eine gute Idee«, pflichtet sie mir nach einer ganzen Weile bei. »Mach' Sophie doch eine Tasse von dem Hafertee. Du weißt schon, den wir aus Sri Lanka mitgebracht haben. Fünf Minuten ziehen lassen und noch warm trinken. Und sie soll jede Stunde vier Globuli nehmen. Du hast doch noch ›Kalium phosphoricum‹ da? Bei stressbetonten Spannungszuständen ist es wirklich wertvoll.«

Ich höre Mums Sorgen und sofort überfällt mich das schlechte Gewissen, dass ich keinen blassen Schimmer habe, weder, wo der Ayurvedatee, noch wo die homöopathische Hausapotheke eigentlich herumkugeln. Davon abgesehen, sind beide auch nicht mehr so ganz auf dem aktuellsten Stand der Dinge. Also eigentlich bin ich mir ziemlich sicher, dass sie mittlerweile bestimmt schon vergammelt sind oder sich in Luft aufgelöst haben, aber ich bringe es nicht übers Herz, ihr das zu sagen. Genauso wenig, wie die Tatsache, dass den indischen Milchkefir Minki, die Katze meiner ehemaligen Studienkollegin, aufgefressen hat und Sophie einem guten alten Beruhigungsmittel sowieso mehr Vertrauen schenkt.

»Versucht, Ruhe zu bewahren und meldet euch, wenn ihr was braucht.«

»Machen wir«, versichere ich kopfnickend. »Und mach dir bitte keine Sorgen!«

8

Der Witwenschuh – er deprimiert jeden.
Manolo Blahnik

Es war gegen 5 Uhr morgens desselben Tages, als der gnädigen Frau von dem nervös an ihrer weißen Dienstschürze zupfenden Mädchen ›ein Herr Hauptkommissar Renner‹ angekündigt wurde, der im Salon wartete. Paola Visconti war von der Nachricht sogleich beunruhigt. Sie wusste, dass sie für die vergangene Nacht kein Alibi hatte und so bat sie darum, dass Olivier Mathieu, der Anwalt der Familie und Manager ihres Mannes, sogleich verständigt werden sollte. Schließlich erhob sie sich, griff nach ihrem schwarzen Morgenmantel von La Perla und hüllte ihren Körper in die feine italienische Seide.

Der Kommissar war ein klein gewachsener, einfältig wirkender Mann mit hässlichem grauem Schnurrbart, fand Paola, sowie sie ihn am Ende der steinernen Treppe erblickt hatte. Mit seinem schäbigen Anzug und den billigen Lederimitatschuhen passte er so gar nicht in den schicken Eingangsbereich ihrer Grinzinger Jugendstil-Villa. Nach einer höflichen Begrüßung bedeutete sie ihm, mit ihr in den angrenzenden Salon zu kommen, um dort das Nähere zu besprechen. Aber noch ehe er auch nur ein Wort geäußert hatte, wusste sie es bereits. Es war zu spät.

Unbedingt hatte sie damit warten wollen. Der neunte Hochzeitstag schien ihr der geeignete Zeitpunkt. Sie konnte es kaum aushalten. Nach all den Jahren des Bangens und Hoffens, eine solche Nachricht.

Sie hatte sich alle Mühe gegeben. Es gab Champagner, Erdbeeren und sie hatte diese entzückende Silberbabyrassel von Cartier, die ihr auf dem Weg zum Arzt, in diesem kleinen Antiquitätenladen ins Auge gefallen war. Unter dem knorrigen Olivenbaum hinterm Haus hatte sie alles vorbereitet. Wie oft waren sie da gelegen, aneinandergekuschelt im taunassen Gras, betrachteten die Sternenbilder und schmiedeten Pläne für ihre gemeinsame Zukunft. Zugegeben, das war lange her. So lange, dass sie selbst diese glücklichen Stunden beinahe vergessen hatte.

Ja, die Zeiten hatten sich verändert. ER hatte sich verändert. Und nein, es würde bestimmt nicht einfach werden, darüber war sie sich durchaus im Klaren.

Aber sie wollte sich nicht, nein vielmehr: durfte sich nicht davon verunsichern lassen. Nicht jetzt, wo sie dies wunderbare Geschenk erhalten hatten. All ihre Hoffnungen legte sie in diesen, ihren Neubeginn.

Sie hatte sich niemals in ihrem Leben so getäuscht.

»… tot …«

Die Worte aus Kommissar Renners Mund hallten unaufhörlich in ihr wider. Paola sagte kein Wort, während er sie über die näheren Details informierte. Sie saß regungslos da und starrte ins Leere, als würde es dadurch weniger real. Sie waren verschwommen, die Bilder von Philipp und dieser vulgären Person. In ihrem Schmerz aber war ihre Existenz klar und deutlich. Da war nichts Zweifelhaftes.

Seine zunehmend kritischen Fragen ärgerten sie. Sollte er nicht besser dieses schamlose Strumpfmodel verhören? Schließlich war sie diejenige, die zur Tatzeit am Tatort war. Also, warum um alles in der Welt, ließ er sie nicht endlich in Ruhe? Nervös blickte sie auf die schwere Standuhr neben dem Kamin. Wo zum Teufel blieb Olivier? Er würde sie doch nicht etwa im Stich lassen? Es war Philipps Entscheidung gewesen, das Arbeitsverhältnis zu lösen, nicht ihre. Sie musste Zeit gewinnen, also goss sie nachdenklich Milch in ihren Tee, nahm einen Schluck und gab schließlich zu Protokoll, dass sie ihren Mann bei der Vogue-Präsentation gegen Mitternacht das letzte Mal gesehen hätte. Gepeinigt von schrecklichen Kopfschmerzen und der fehlenden Notwendigkeit, länger da zu bleiben als unbedingt notwendig, habe sie den Event verlassen. Das Schmerzmittel mache sie jedes Mal sehr müde und deshalb sei sie sogleich in einen tiefen

Schlummer gefallen, aus dem man sie sofort nach Eintreffen des Kommissars geweckt hätte.

Dieser schien fürs Erste zufriedengestellt. Nachdem er ihre Angaben fein säuberlich in seinem kleinen schwarzen Buch notiert hatte, steckte er es in die Sakkotasche, leerte seinen Espresso in einem Zug und erhob sich. Er war eben im Begriff das Haus zu verlassen, als es Paola wieder einfiel.

Der Unfall.

Sie war sicher, dass diese Information von Bedeutung war und so erzählte sie, ohne seine Reaktion abzuwarten, was passiert war. Dass ihr Mann mit dem Wagen unterwegs war und es ein technisches Problem gab. Philipp selbst nicht viel passiert war, er seitdem aber an Panikattacken litt, weshalb er medikamentös behandelt worden war.

Der Kommissar begann neuerlich damit, sich Notizen zu machen. Bevor sie zum Schluss kam, hielt sie einen Moment inne. Den nunmehr folgenden Worten sollte die rechte Aufmerksamkeit zukommen. Dann begann sie von neurotischen Charakterzügen, manisch-depressiven Verhaltensweisen ihres Mannes zu erzählen. Davon, dass Philipp unter Todesängsten litt und er jemanden verdächtigte.

Und als der Kommissar fragte, da zögerte sie nicht, ihren Verdacht preiszugeben:

Richard Margold, sein Vater.

Wie in Trance bahnte sich Richard Margold in der Ankunftshalle des Don Muang Flughafens seinen Weg durch die aufgeregte Menge kleingewachsener, schwarzhaariger, sanft lächelnder Thais. Die tropisch schwüle Luft, die nach einer Mischung aus Orchideen, Gewürzen, Räucherstäbchen und Abgasen der vor den Türen wartenden bunten Taxis roch, ließ ihn schwer atmen, während er mit einem wiederkehrenden Kopfschütteln erfolglos versuchte, die ihm an den Fersen klebende thailändische Meute abzuschütteln, welche hilfsbereit überteuerte ›special price Taxis‹, ›discount Trips to beautiful Islands‹ und ›cheap luxury Hotels‹ feilbot. Hier hat sich wirklich gar nichts verändert, dachte er bei sich, als er in seiner karamellbraunen Kalbsledertasche von Hermes nach dem Geld kramte.

Die Mandelaugen des kleinen Angestellten, der in einem billigen Anzug vermutlich aus Pahuraht, dem indischen Viertel der Stadt, in der Wechselstube der Asian Bank saß, vergrößerten sich. Soviel Geld auf einmal hatte er noch nie gesehen.

»Solli, I have to che, if we can change«, brachte er nach einer Weile des Staunens in einem an Konsonanten armen Akzent hervor. »Tha's a lo of money, Sir.«

Wie recht er doch hatte. Es war wirklich nicht damit zu rechnen gewesen, dass Philipp derartige Summen in seinem Safe aufbewahrte.

Was war er für ein mieses Stück!

Wie lange es wohl dauern würde, bis man ihm auf die Schliche kam? Eine Woche, einen Monat?

Ach, was brachte es schon, weiter darüber zu lamentieren. ›Glücklich ist, wer vergisst, was doch nicht zu ändern ist!‹ Daran hielt er sich beinahe schon sein ganzes Leben. Und er würde nicht heute damit aufhören, bloß weil Philipp sein Sohn war.

»Solli, for waiting«, holte ihn die Stimme des eben zurückgekehrten Bankangestellten aus seinen Gedanken. Richard Margold schob dem erfreuten Thai zwei Scheine entgegen, steckte die prall gefüllte Plastiktüte mit der Aufschrift ›Mahboonkrong‹ in seine Tasche und machte sich auf den Weg aus der immer noch überfüllten Ankunftshalle ins Freie.

Er hatte Glück, der Fahrer hatte ein Taxameter, durchaus keine Selbstverständlichkeit in diesem Teil der Erde, konnte etwas Englisch und gab, soviel sein Wortschatz ermöglichte, bereitwillig Auskunft über das Amüsierviertel Patpong, in dem sich Richard Margold nach seiner Ankunft im Hotel etwas abzulenken gedachte. Erschöpft von den Vorkommnissen der letzten Stunden, seiner überstürzten Abreise aus Wien und dem anstrengenden Flug, sank er müde in die muffigen Stoffsitze. Sein Blick folgte gedankenverloren den dampfenden Garküchen, farbenfroh blinkenden Leuchtreklamen, prunkvollen Tempelanlagen und kuriosen Straßenmärkten, die an ihm vorüberzogen. Er wusste, dass Bangkok unter den gegebenen Umständen der ideale Ort für ihn war. Die Tatsache, dass es von hier aus kein Zurück gab, schmerzte ihn dennoch.

9

I'm feeling depressed, I'm going to Manolo.
Manolo Blahnik

»Ich verstehe nicht, wo sich dieser Wappler von einem Agenten herumtreibt«, kreischt Sophie, während sie zum wiederholten Mal in den letzten zehn Minuten seine Nummer wie wild in ihr Vertu hämmert und noch wilder in die Pedale tritt. Zwei ganze Tage waren vergangen und obwohl mittlerweile vom Hotelconcierge bis zu Margolds Manager alle infrage kommenden Personen verhört worden waren, stand Sophie für die Polizei nach wie vor als Einzige unter dringendem Mordverdacht. Und das, obwohl zwischenzeitlich Interpol nach Philipp Margolds seit der Tatnacht spurlos verschwundenem Vater fahndete.

Es war allein der geschickten Verteidigung von Max, dem engagierten Strafrechtsanwalt und ehemaligen Studienkollegen von Erik zu verdanken, dass Sophie nicht sofort in Untersuchungshaft genommen wurde. Doch es schien absehbar, dass seine juristische Argumentation, welche auf Sophies fehlendem Mordmotiv sowie der bisher spurlos verschwundenen Tatwaffe beruhte, den polizeilichen Spekulationen über Sadomasopraktiken mit Todesfolge oder fahrlässiger Tötung im Affekt, nicht ewig würde standhalten können.

Und so sitzen wir hier im Badezimmer und blasen Trübsal. Oder genauer gesagt, ich sitze hier in meiner uralten, superbequemen Jogginghose mit der Morgenzeitung am Badewannenrand, während Sophie seit ihrem dritten Polizeiverhör gestern Nacht ohne Unterbrechung wortlos auf dem Heimtrainer dahinradelt. Ich habe keine Ahnung, wann oder ob sie überhaupt etwas gegessen hat, mal abgesehen von diesen verschrumpelten Ingwerwurzelstücken, die sie schon die ganze Zeit über kaut.

Also, schön langsam, aber sicher mache ich mir echt Sorgen. Und zwar schlimme Sorgen. So schlimme Sorgen, dass ich, seit Sophie losgeradelt ist, bereits bei Sorte 11 der handgeschöpften Tafelschokoladen-Selektion angelangt bin, die mir Erik zu unserem ersten Hochzeitstag vor einer Woche geschenkt hat. Die letzte akute Prüfungsangst hat's vergleichsweise bloß bis Moosbeer-Thymian dunkle Schoko, Nummer sechs geschafft – und dabei hatte ich Todespanik, angesichts dieser ›pervulgaten quotidianen Banalität‹ und all der anderen ätzenden pädagogischen Bildungsbegriffe, die ich mir aber auch partout nicht merken konnte.

Also eins steht fest, wenn der Mörder von diesem Margold nicht bald gefunden wird, kann ich mir schon mal einen Platz bei den Weight Watchers besorgen. Und das jetzt, wo ich mit einem Schlag quasi freien Zugang zu Fashion Heaven habe, dank Sophies prall mit stylischen Designerteilen gefüllten Luxuskoffern, die in unserem Wohnzimmer zufrieden vor sich hinlagern und bloß darauf warten, von mir geplündert zu werden.

Frustriert verkoste ich eben Sorte 11, Mandel mit Grapparosinen, erinnere mich, dass ich nicht vergessen durfte, das morgige Dissertantenkolloquium aus persönlichen Gründen abzusagen – ich bin ja so traurig! –, während ich den Artikel über Sophie näher inspiziere. ›Model unter Mordverdacht!‹, lautet die Schlagzeile. In der linken, unteren Ecke haben sie ein Foto von ihr abgebildet, wie sie in funkelnder Lingerie, mit wallendblonder Lockenmähne und einer silber-glitzernden Weihnachtsmannmütze über einen Laufsteg in New York schwebt. ›Der international gefeierte Modefotograf Philipp Margold wurde am Freitagmorgen vom Concierge des Hotel Orient am Boden seiner Suite tot aufgefunden‹, stutze ich eben – Sophie hatte doch ausgesagt, dass er am Bett gelegen hatte? –, als mich ihre alarmierte Stimme zusammenzucken lässt.

»Wie? Gucci und Versace?«, sie stoppt abrupt ihr Workout, hüpft in einem Satz vom Rad und mir bleibt vor Schreck fast die Schoki im Halse stecken. »Was, Cavalli auch?«, wiederholt sie mit zunehmend lauter werdender Stimme während sie sich kopfschüttelnd aus ihren Sportklamotten schält und kurz darauf, ohne ihr Telefonat zu unterbrechen, unter der Dusche verschwindet.

»Aber ich hatte zwölf Anproben, ZWÖLF!«, schluchzt sie weiter, nachdem sie, wieder frisch und trocken, in ihre beneidenswert engen Zerojeans und eines dieser entzückenden Ringelshirts von Chanel geschlüpft ist. »Die haben mir das Kleid auf den Körper geschneidert.« Sie zwirbelt mit flinker Hand ein weißes Frotteetuch auf ihren Kopf, verteilt eine kleine Portion Kaviarcreme auf ihrem Gesicht und ich vermute, dass sie wohl nicht nur Übung darin hat, möglichst schnell in fremden Betten zu landen, sondern ebenso schnell aus fremden Duschen zu verschwinden, angesichts des eben vorgelegten Turbotempos. »Das kann doch einfach nicht wahr sein«, sie wirft mir einen frustrierten Blick zu, während sie ungläubig mit der Innenfläche ihrer Hand gegen ihren Kopf schlägt. »Kate Moss kann sich eine Line nach der andern ziehen, Naomi Campbell ihr gesamtes Personal krankenhausreif schlagen und du bist nicht imstande, die Unterzeichnung mit Maybelline fix zu machen, bloß weil ich mit dem Fotografen gevögelt hab'?«

Ich kann nur erahnen, was Sophies Manager ihr jetzt antwortet, aber sagen wir mal ich bin ziemlich sicher, dass es wohl nichts ist, was sie eben gerne hört, denn ihr pfirsichfarbener Teint ist mit einem Mal beängstigendem Fuchsia gewichen, in etwa derselbe Ton wie damals, als sie sich in der Life&Style-Rubrik ›unentschuldbares Outfit‹ wiederfand, und im nächsten Moment schlägt ihr süßes, strassbesetzes Mobiltelefon mit voller Wucht am Granitsteinboden auf, zerspringt, begleitet von einem herzhaften: »Mist!«, in seine funkelnden Einzelteile und ehe sie sich frustriert zu Boden fallen lässt, platzt es tränenreich aus ihr heraus: »Warum hab' ich das getan?«

»Tja, das würde ich allerdings auch gerne mal wissen«, entfährt es mir nach einem kurzen Schreckensmoment, noch während ich mich zu ihr auf den Badezimmerboden sinken lasse und verständnislos meine Augenbrauen hochziehe. »Hast du vergessen, wie schlecht es dir ging?«

Ich meine, die ganze Geschichte war schließlich noch keinen Monat her. Sophie stand völlig neben sich. Sie hatte so massiv an Gewicht verloren, dass sie in Mailand keine einzige Show laufen durfte und sie ließ wichtige Covershootings platzen, weil sie vollends damit beschäftigt war, herauszufinden, welche Saturn-Uranuskonstellation dafür verantwortlich gemacht werden konnte, dass ihr heißer Investmentbanker nach mehr als einem Jahr außerehelicher Vergnügung gebeugten Hauptes zu seiner Frau samt den dreijährigen Zwillingen zurückgekehrt war. Und zwar direkt nach ihrem gemeinsamen Liebesurlaub auf St. Barths, dem, wie

Sophie bereits sicher war, ein baldiger Heiratsantrag folgen sollte, denn ein New Yorker Immobilienmakler war bereits damit beauftragt, ein Luxusobjekt an der noblen Upper East Side für sie beide zu finden.

»Natürlich habe ich es nicht vergessen!« Sophie klingt betroffen. Ihre Mundwinkel zucken verdächtig. »Wie könnte ich?«

»Aber dann erklär' mir doch mal bitte, wieso das Ganze?« Ich meine, schließlich schien das alles hier doch nun wirklich keinen Sinn zu machen.

»Pirelli.«

»Pir-el-li?«, wiederhole ich verständnislos das kaum hörbare Wortgebilde aus ihrem Mund, und sie wickelt verlegen nickend eine nasse Haarsträhne um ihren Finger, während mich auf einmal die Erinnerung wie ein Schlag trifft.

Es war Montagmorgen. Das Telefon hatte mich ziemlich unsanft aus dem Schlaf geklingelt und Sophie war am anderen Ende das heulende Elend, weil sie nämlich den frühen Morgen im Anschluss an eine Aftershowparty mit einem unattraktiven alten, aber dafür sehr erfolgreichen Starfotografen in einem Londoner Nobelhotel verbracht hatte und er sich gewissermaßen sofort, nachdem er gekommen war, nicht mehr an sein Versprechen: ›Baby du bist so geil, du kommst überall hin‹, erinnern konnte.

Ich fragte mich, ob es tatsächlich möglich wäre,

dass Sophie, die den One-Night-Stand quasi erfunden hatte, wirklich noch nie von der Gunst der Stunde gehört haben könnte? Eben präzise jenem Zeitpunkt, an dem frau auf jede ihrer Fragen ein männliches Ja bekam, solange sie bloß nicht damit aufhörte das zu tun, womit sie eben beschäftigt war, und wenn es darum ginge, seinen Penis für schmerzhafte Forschungszwecke kostenlos zur Verfügung zu stellen.

Das Problem war bloß, dass dieser Zustand geradezu obligatorisch in eine Art umfassende retrograde Amnesie mündete, welche solch verheerende Ausmaße annehmen konnte, dass neben allen Fragen, selbst das eben stattgefundene Ereignis samt seiner Beteiligten, in den Untiefen der männlichen Cortex auf immer verschwanden.

Was soll ich sagen? Die Roaming-Gebühren für das Auslandsgespräch waren noch kaum auf meiner Rechnung erschienen, da hatte sich Sophie schon längst mit einem spanischen Laufstegmodel namens Felipe und der Aussicht auf die nächste Ausgabe getröstet. Schließlich verlangte jedes Jahr nach einem neuen Kultkalender. Und was noch besser war, einem neuen Fotografen …

Mensch! Da hätte ich aber auch gleich draufkommen können. »Dann hatte also Margold dieses Jahr den Pirelliauftrag?«, frage ich und werfe ihr einen ungläubigen Blick zu, den sie sofort nickend bestätigt.

»Du bist echt unverbesserlich!«, stelle ich kopfschüttelnd fest, während Sophie, ihre Beine kunstvoll verknotend, sich langsam nach hinten gegen den schwarz-glänzenden Badezimmerschrank lehnt. »Und was habe ich jetzt davon?« Sie lächelt müde. »Statt des Fotos im Pirellikalender hab' ich eins in der Polizeidatenbank.«

»Na wenigstens musstest du dafür mit niemandem ins Bett steigen.« Und noch ehe ich erschrocken meine Lippen aufeinanderpressen kann, muss ich kichern. Mist! Doch zu meiner Überraschung scheint es Sophie ähnlich zu ergehen, denn sie schlägt sich herzhaft aufs Bein und im nächsten Augenblick krümmen wir uns beide vor Lachen. Wir rollen am Boden herum, halten uns den Bauch und können für einige Minuten überhaupt nicht mehr damit aufhören. Und es fühlt sich gut an. Sehr gut sogar.

»Also«, sage ich, nachdem wir uns beide wieder halbwegs gefangen haben, und rapple mich aus der Bauchlage hoch. Boah, morgen hat mein Zwerchfell bestimmt Muskelkater. »Wer hat ihn nun umgebracht, diesen Margold? Außer dir natürlich!«, füge ich zwinkernd hinzu und ernte ein augenrollendes:

»Selten so gelacht«, von Sophie, die in ihrer brombeerfarbenen Valentino-Clutch kramt.

»Jetzt mal im Ernst«, fahre ich unbeirrt fort und

ziehe hoffnungsvoll die Augenbrauen hoch, »du musst doch zumindest einen Verdacht haben?«

»Ach ja. Muss ich das?« Sie klingt irgendwie verschnupft, als sie ihr Lipgloss aufschraubt und den seidigzarten Puderton mit dem Finger auf ihren Lippen verteilt.

»Na, es könnte dir zumindest was Seltsames aufgefallen sein. Versuch dich doch mal zu erinnern! Hat er irgendetwas erwähnt oder sich komisch verhalten … Was war mit seinem Umfeld?«, versuche ich ihrem Gedächtnis auf die Sprünge zu helfen, schließlich muss es da doch irgendetwas Interessantes geben. Aber ich ernte bloß wiederkehrendes Kopfschütteln und ein verständnisloses: »Wieso Umfeld?«

»Na, weil die Täter nahezu immer aus dem nächsten Umfeld der Opfer kommen«, erkläre ich und öffne nachdenklich die oberste Schublade meiner mit Haaraccessoires vollgestopften Schminkkommode. »Du weißt schon! So nach dem Motto: Der Mörder ist immer der Gärtner.«

Sophie sieht mich ähnlich zweifelnd an wie damals, als ich sie davon überzeugen wollte, gemeinsam mit mir eine Woche Kohlsuppendiät zu machen, als sie sagt: »Und weiter?«

»Na, hatte er einen Gärtner?«

»Wie bitte?«

»Himmel Herrgott noch mal, Sophie! Das darf

doch wohl nicht wahr sein«, kreische ich kopfschüttelnd. »Gab es Leute, die ein Motiv hatten, ihn umzubringen?«

»Frag mich lieber, ob es Leute gab, die kein Motiv hatten, ihn umzubringen«, sagt sie nach kurzem Überlegen, als wäre das die dümmste Frage der Welt. »Du hast ja keine Vorstellung!« Ihre Stimme klingt enttäuscht. Oder ist es womöglich verbittert? »Philipp Margold war ein gewissenloser Arsch! Ein Sexist, ein Sadist, ein totaler Psycho! Ich bin mir sicher, dass ihn vom Beleuchter bis zum Visagisten so ziemlich jeder lieber tot als lebendig gesehen hätte.«

Na toll! Da war es ja leichter, Kate Moss das Stricken beizubringen, als auch nur irgendeinen Anhaltspunkt für den Mörder zu finden. Also wenn das so weiterging, war ich sicher, mich schon bald beim Treffen der Anonymen Schokoholics wiederzufinden. »Was ist mit seiner Familie? Seiner Frau?«, versuche ich weiter mein Glück, schließlich konnte man ja wohl annehmen, dass sie nicht gerade erfreut darüber gewesen sein konnte, dass ihr Ehemann mit blutjungen Titelblattschönheiten durch diverse Luxushotelbetten sprang!

»Paola?«

Ich nicke eifrig mit dem Kopf. »Sie hat nicht eben erfreut darüber dreingesehen, dass dich Philipp am roten Teppich so innig umarmt hat«, stelle ich fest, noch immer damit beschäftigt, die Unordnung in meiner Frisurenlade zu beseitigen, als mir Sophie zufrieden lächelnd ein schadenfrohes:

»Ach, hat sie nicht?«, entgegenflötet, dem ich ein gestrenges: »Nein!«, begleitet von meinem Puccituch zurückwerfe. »Und hätte Erik ein 20 Jahre jüngeres Unterwäschemodel vergenusszwergelt und ich wüsste davon«, echauffiere ich mich weiter, »dann könnte ich aber auch für nichts garantieren.«

»Tja, du bist aber auch eine rasend eifersüchtige Verrückte«, erklärt Sophie unbeeindruckt und ich quietsche angesäuert. »Wie bitte? Ich bin doch nicht rasend eifersüchtig.«

Sophie wirft mir einen amüsierten Blick zu. »Ach, nein? Und was war dann mit Michelle?«

»Was soll mit ihr gewesen sein?«, sage ich möglichst locker und widme mich umgehend wieder meinen zahlreichen Haarbändern von quietschbunt über grafisch-gemustert bis floral-opulent.

»Na, du wusstest doch, dass der Schraubverschluss der Flasche nicht verschlossen war!«

»Wusste ich gar nicht!«, verteidige ich mich. »Ich wollte einfach nur etwas Ketchup auf mein Steak.«

»Elli, du hast nie zuvor eine Ketchupflasche dermaßen wild geschüttelt. Ich dachte, dein Arm reißt ab.«

Also jetzt bin ich aber echt sauer. »Ich meine, ich gebe zu, dass ich vielleicht ein wenig unvorsichtig war.«

»Ein wenig unvorsichtig?« Sophie hebt zweifelnd die linke Augenbraue.

»Na gut, vielleicht war ich auch ein klitzekleinwenig eifersüchtig«, versuche ich einzulenken, »aber es konnte doch nun wirklich niemand ahnen, dass das ganze Ketchup ...«

»Aha!«, unterbricht mich Sophie schmunzelnd »Dann war es auch purer Zufall, dass ein Bild von ihr, über und über mit Ketchup, am nächsten Tag als Bildschirmschoner auf allen Computern in Eriks Kanzlei installiert war?« Sie blickt mich erwartungsvoll an und ich spüre, wie mir heiß wird. »Was ist nun mit Paola?«, versuche ich schnell das Thema zu wechseln, bevor Sophie noch weiter in uninteressanten alten Geschichten kramt. »Denkst du, dass sie wusste, dass du mit ihrem Mann schläfst?«

»Keine Ahnung!« Sophie zuckt mit den Schultern. »Aber selbst wenn! Philipp betrügt sie doch nicht erst seit gestern. Da hätte sie ihn genauso gut auch schon vor Jahren um die Ecke bringen können«, meint sie kopfschüttelnd, ehe sie fortfährt. »Sie ist toskanischer Hochadel, ihre Familie besitzt ein Luxusmarkenimperium, zu dem Gucci, Yves Saint Laurent und Balenciaga gehören. Ihr Vermögen wurde in der Financial Times auf mehrere Hundert Millionen Dollar geschätzt. Sie sieht fabelhaft aus. Ich bin mir sicher, sie könnte jeden haben.« Und da fällt es mir ins Auge. Direkt neben dem bunten Haarband von Pucci aus der letzten Sommerkollektion, nach dem ich mich eben bücken wollte: ein kleines, weißes, zerknittertes Stück Papier.

Es muss Sophie wohl vorher, beim Kramen nach ihrem Dior-Lipgloss, aus ihrer lilafarbenen Valentinotasche gefallen sein. Ich habe es jedenfalls erst jetzt bemerkt.

Am linken unteren Rand prangt in blauen Lettern ›Hotel Tigra‹. Und direkt darüber entziffere ich, nachdem ich den Zettel, so gut es ging, glattzustreichen versucht habe, eine ungleichmäßig-zittrige Notiz in schwarzer Tinte:

Ildikó 1420000490987654 3

»Sag mal«, höre ich mich sagen und halte die winzige Notiz hoch, »was hast du denn im Tigra gemacht?« Und mit einem Mal ist Sophie verstummt.

10

»Elli, wie schön dich zu sehen – du siehst fabelhaft aus.« Mit diesen Worten schlingt Eve, wie sie sich zu nennen pflegte, ›Develyn‹, ›Miss Fullbody Surgery‹ oder schlicht und einfach ›Miss Mega Miststück‹, wie Sophie und ich sie seit unserer gemeinsamen Schulzeit liebevoll heißen, überschwänglich ihre bulgaribereiften Arme um meinen Hals, küsst mir zwei angedeutete Dior-Cottoncandy-Kisses auf die Wangen, und noch ehe ich etwas entgegnen kann, bestellt sie zwei Pamatini, »denn der Drink sei an der Upper East Side«, wo ihre schwerkristallreichen Eltern, wie übrigens auch auf Mustique und Porto Cervo, ein »kleines« Anwesen besitzen, »so dermaßen hip«, und zeigt mir meinen Platz, mit herrlichem Blick auf den ins Abendlicht getauchten, gotisch-filigranen Turm des Steffls.

»Ich hoffe, der Platz ist dir angenehm«, sagt sie in einem, an amerikanischen Nuancen reichen Tirolerisch, ohne meine Antwort abzuwarten, während sie in ihrer beneidenswert-entzückenden Fendi Baguette kramt. »Ich musste den Kellner dafür bestechen, aber für dich ist mir eben nichts zu viel.«

Ihre Veranlagung, dick aufzutragen, bezog sich wie immer nicht nur auf ihre überartikulierten

Worte und ihr Ach-so-perfektes-Make-up, sondern auch auf Chanel No.5, wie meine Nase am schweren Moschusduft, der sie umweht, feststellt. Ob sie im Bett ganz nach Marilyn Monroe nichts außer Numero Cinque trägt, wage ich mir lieber nicht vorzustellen, während ich die Cocktailkarte studiere und mich frage, ob es eine wirklich solch geniale Idee gewesen war, hierher zu kommen.

Ich meine, wie groß waren die Chancen, dass sie tatsächlich mehr über ihre berühmten Nachbarn wusste, als jedermann ohnehin in den Klatschspalten nachlesen konnte? Und selbst wenn, weshalb sollte sie gerade mir diese speziellen Topsecret-Infos verraten. Schließlich verband uns außer einer ausgeprägten Lateinschwäche und zwei damit verbundenen Sommerlerncamps, auf denen sie mich regelmäßig wegen der zugegeben nicht besonders schicken, selbstgestrickten Schafwollpullis meiner Mum zum Gespött der Leute gemacht hatte, bloß unsere gegenseitige Abneigung.

Also genehmige ich mir einen großzügigen Verdrängungsschluck dieses eben von einem Brad-Pitt-Double servierten, ach so hippen, pinkfarbenen Granatapfeldrinks und tröste mich im Geiste mit den entzückenden pfirsichfarbenen Blütensandaletten aus Sophies Valentinokollektion, für die ich mich überhaupt erst zu der ganzen Geschichte hier habe breitschlagen lassen, während Evelyn mit strahlendem Gesicht einen schadenfroh-unglaubwürdigen Mitleidsmonolog zu Sophies ›furchtbar schrecklicher Lage‹ zum Besten gibt, sich nach ihrer vermutlich ›niederschmetternd aussichtslosen Situation‹ erkundigt und mir jedes noch so gähnend interessante Detail ihres maßgeschneidert-hochkarätigen Jetset-Luxuslebens unterbreitet, was ich mit höflichem Nicken und geschickt platzierten Zustimmungen begleite, während ich irgendwo zwischen ›siebenstelligen Mietpreisen für Ferienchalets an der Cote d'Azur‹ und ›der Problematik bei Rachel Zoe einen Stylingtermin zu bekommen‹ wieder einmal dazu übergegangen bin, mir den Kopf über dieses seltsame Stück Papier in meiner rechten Manteltasche zu zerbrechen.

Ganze vier Tage waren mittlerweile vergangen, seit es am Badezimmerboden wie aus dem Nichts mit all den Fragen zu seiner Existenz aufgetaucht war. Wir haben bisher niemandem davon erzählt. Noch nicht mal Erik.

Der ist ja schließlich auch Tausende Kilometer weit weg, um diesen Lukoil-Deal unter Dach und Fach zu bringen. Und in den drei Minicalls, die wir bisher geführt hatten – einer davon, während er in irgendeinem superwichtigen Meeting war, in dem er eigentlich gar nicht hätte gestört werden sollen –, also da konnte ich ihn nun wirklich nicht mit solch überflüssigen Details belästigen. Ich meine, schließlich war er ja zum Arbeiten und nicht etwa zum Shoppen in New York. Was mir natürlich bewusst war. Es wäre also überhaupt nicht nötig gewesen, mich extra darauf hinzuweisen, geschweige denn, deswegen gleich so schroff zu reagieren.

Ich meine, okay, Erik hatte Jetlag. Und ein superwichtiges Meeting. Und ja klar, ich hätte es etwas später noch mal probieren können. Ich gebe ja offen zu, dass es vielleicht etwas übertrieben war, gleich 25-mal hintereinander auf seinem Handy anzurufen. Aber es war wirklich nicht meine Idee, gleich das ganze Meeting deswegen abzubrechen.

Echt! Ich habe keinen blassen Schimmer wie die Sekretärin auf diese verrückte Idee kam. Ich schwöre, dass ich nichts von very urgent oder gar emergency erwähnt habe.

Na ja, langer Rede kurzer Sinn. Erik war nicht besonders gut gelaunt, als ich ihn endlich in der Leitung hatte und ihn bei der Gelegenheit gleich noch daran erinnerte, am Weg zurück zum Hotel mal kurz vorbeizuschauen, ob es vielleicht diese entzückenden königsblauen Manolos mit Satinschleife in Größe 7 im Summer Sale gab und so beschloss ich, dass es wohl besser wäre, die ganze Sache mit dem Zettel aus Sophies Tasche lieber für mich zu behalten. Genauso wie die Neuigkeiten, die wir dazu bisher in Erfahrung gebracht hatten. Nämlich, dass das kleine Stück Papier gar nicht Sophie gehörte, sondern bei ihrer Fluchtaktion irrtümlich in ihre lila Satin-Clutch gelangt sein musste. Sophie konnte sich zwar nicht bewusst daran erinnern, aber schließlich hatte sie bei ihrem ersten Fluchtversuch vor lauter Aufregung sogar vergessen, ihre Riemchenmanolos mitzunehmen, weshalb sie auch in jener Nacht nochmals umkehrte, um bei der Gelegenheit nicht nur ihre Schuhe sondern auch noch ihre anderen Habseligkeiten vom Boden aufzusammeln. Eben dabei dürfte sie auch diesen kleinen weißen Zettel erwischt haben, der eine handschriftliche Notiz von Philipp Margold enthielt und von einem 70-seitigen Notizblock eines Hotels in zentraler Wiener Innenstadtlage am Tiefen Graben stammte, welches übrigens keine 20 Meter vom Hotel Orient entfernt liegt. Des Weiteren wussten wir, dass der auf der Notiz vermerkte Name ›Ildikó‹ die ungarische Schreibweise eines alt-germanischen Namens war, der ›die Kämpferin‹ bedeutete und höchstwahrscheinlich der Vorname einer gewissen Frau Kourkowa war, welche zum Tatzeitpunkt im Hause Tigra logierte, wie wir, dem höflichen Concierge sei's gedankt, herausgefunden hatten.

Bis dato hatten wir keine Ahnung, wer sie war und was die neben ihrem Namen vermerkten Zahlen zu bedeuten hatten, obwohl wir mehrere Tage damit zugebracht hatten, die Zahlen in Kombination mit allen möglichen internationalen Vorwahlen ins Telefon zu klopfen, Kontoüberweisungen an eben diese Nummer bei so ziemlich jedem österreichischen Kreditinstitut vorzunehmen sowie sie als Flugbuchungsnummer bei allen wichtigen Airlines mit Zielflughafen Wien zu identifizieren versuchten.

»Schluss damit! Wie geht es dir?«, klatscht Evelyn enthusiastisch in ihre frenchmanikürten Hände und ich lande in der Gegenwart.

»Danke, alles bestens«, bringe ich noch etwas abwesend hervor und ringe mir ein halbwegs passables Strahlelächeln ab, während ich nachdenklich an meiner Cocktailkirsche knabbere. »Die Arbeit an meiner Dissertation ist in vollem Gange und meine Praxis …«

»Deine lo-go-pä-di-sche Praxis«, unterbricht sie mich mit einem fragenden Blick, »man sagt doch so, oder?«, und ich nicke ahnungslos. »Na, die scheint ja richtiggehend zu florieren«, säuselt sie weiter und ich versuche eben zu antworten, als sie schon wieder fortfährt. »Und das, wo schlechte Mundpropaganda in Wien schon viel bedeutendere Existenzen vernichtet hat. Ich meine, ich äußere es ja nur ungern, aber böse Stimmen behaupten ja, dass es einzig und alleine deine Schuld sei, dass die Netrebko die Festspiele in Salzburg hat absagen müssen.« Dann schiebt sie langsam eine dieser salzigen Macadamianüsse in ihren verdächtig gespannten Mund, setzt eine genussvoll mitleidige Miene auf und ich ärgere mich darüber, dass ich so dumm war zu glauben, dass die mögliche Aussicht auf ein paar schicke Insidernews zur Margoldmystery – schließlich residierte sie im gleichen, dem Central Park gegenüberliegenden, luxuriösen Apartmenthaus an der Park Avenue, wie die Margolds – diese Strapaze wert sei.

Ich räuspere mich und hoffe auf irgendeine Art von Geistesblitz, darauf, dass mir irgendetwas Geniales zufliegen möge, was ich ihr mal so richtig um ihre cartierbehängten Ohren hauen kann. Aber wie immer kommt sie mir zuvor.

»Ich halte das natürlich für vollkommenen Schwachsinn«, hebt sie mit verständnisvollem Blick weiter an und greift zufrieden nach ihrem Glas. »Ich meine, das ist ja geradezu lächerlich. Ein international gefeierter Opernstar in deiner Praxis«, sie kichert verächtlich, klimpert ein wenig mit ihren Echthaarwimpernextensions – und ich kann mich in letzter Sekunde erfolgreich davon abhalten, das blankpolierte Robbe&Berking-Silber vom Nebentisch geradewegs in den elitären Flachpo dieser Park-Avenue-Schlampe zu rammen. Stattdessen stopfe ich mir eine Portion Wasabichips in den Mund, greife mir meinen Panamatini oder wie der heißt, und nippe eine Weile daran, bis ich so arglos interessiert wie nur irgend möglich die Frage stelle:

»Wie geht's eigentlich Donald?«

Stille.

Sie schluckt.

Hustet.

Und ihrem Gesichtsausdruck nach zu schließen, fällt sie jetzt wohl gleich auf der Stelle von ihrem honiggelben, rindsledergepolsterten Teakholzsessel.

»Hat er nicht vor Kurzem geheiratet?«, bohre ich mit unschuldig neugieriger Miene meinen Stachel tiefer, während sie mit gefrostetem Blick dasitzt. »Dieses Foto von den beiden in der OK … eine solch zauberhafte Braut. Aber Vera Wang's Kleider sind ja auch wirklich traumhaft. Findest du nicht auch?«, schwärme ich mit übertriebener Begeisterung weiter und lasse mich angesichts ihrer versteinerten Gesichtszüge sogar zu einem dieser enthusiastischen Upperclass-Klatscher hinreißen, als sie mich mit einem Mal unwirsch unterbricht.

»Hab' ich dir eigentlich schon erzählt, dass ich, kurz bevor ich Donald kennengelernt habe, eine ziiiiiiiiemlich heiße Affäre mit Philipp Margold hatte?«, bringen da auf einmal, ebenso erfreulich unerwartet wie ein freier Parkplatz in der Innenstadt, ihre aufgespritzten Lippen voller Stolz hervor und ich erstarre. »Damals war er noch Backstagefotograf. Er arbeitete für Mario Testino in New York«, ihre Stimme ist mindestens eine Oktave höher, als sie mich höchst erfreut an ihrer Vergangenheit teilhaben lässt und mir ein überraschtes »Nein?« entfährt, welches Ms. Polygamie offensichtlich äußerst zufrieden darüber, dass ihre egozentrische Weltordnung wiederhergestellt ist, weiter dazu anhält, freudig erregt nähere Details aus ihrer anscheinenden Affaire-sexquisite herauszusprudeln. »Wir trafen uns immer heimlich«, flüstert sie und rückt näher, als der Barmann an unseren Tisch kommt, um mein geleertes Cocktailglas abzuservieren. »Er hatte zeitgleich eine Liaison mit einer ziemlich einflussreichen New Yorkerin. Sie bezahlte seine Rechnungen, verschaffte ihm Aufträge, machte ihn in der Branche bekannt.« Sie sieht mich verschwörerisch an und ich bemerke, dass ich noch immer die Luft anhalte. »Sie war mindestens 30 Jahre älter. Ihr Mann war Verleger. Er kümmerte sich nicht darum, womit sich seine Frau so die Zeit vertrieb. Phil verehrte sie abgöttisch. Sie war eine Art Mutterersatz.«

»Mutterersatz?«, wiederhole ich stirnrunzelnd, während Eve fortfährt. »Ja. Phils Mutter starb als er noch sehr klein war.« Sie nimmt einen nachdenklichen letzten Schluck von ihrem Drink. »Ich glaube, dass er diesen Verlust nie wirklich überwunden hat.«

»Traurig«, presse ich, angesichts dieser Neuigkeiten noch immer etwas benommen, heraus und frage mich zugleich, ob frei nach Freud darin wohl die Ursache für Philipp Margolds ausschweifendes Sexualleben begründet liegen könnte. »Heißt das, er ist bei seinem Vater aufgewachsen?«, kombiniere ich weiter.

»Ja«, antwortet sie knapp, während sie Mister »Wo bleibt die Rechnung?« gekonnt durch die Gegend scheucht und erstaunlicherweise über seinen Vater nicht so gerne zu sprechen scheint wie über ihr New Yorker Gspusi.

»Das war bestimmt nicht einfach«, versuche ich Näheres zu erfahren. »Ich meine, erst die Frau zu verlieren und dann allein mit der ganzen Verantwortung.«

»Keine Spur!« Ihre Ohrringe klimpern aufgeregt, als sie kopfschüttelnd weiterspricht: »Es grenzt an ein Wunder, dass es Philipp so weit gebracht hat, er ist ja förmlich in der Gosse aufgewachsen«.

Mir entfährt ein erstauntes »Wie bitte?« Schließlich passten Begriffe wie Gosse und Philipp Margold in meinem Verständnis zusammen wie Paris Hilton und Jungfräulichkeit.

»Es war schrecklich«, fährt Eve in einem gänzlich für sie untypischen Flüsterton fort, während sie ihre entzückend-limettengrüne Hermesbörse öffnet und zwei Geldscheine hervorkramt. »Sie lebten in einer winzigen Substandard-Sozialwohnung in Fünfhaus. Toilette und Bad am Gang«, und ihr Gesicht zieht sogleich eine ähnlich entsetzte Grimasse wie damals auf Toms Geburtstagsparty, als wir unerwarteter Weise dazu aufgefordert wurden, unsere Highheels vor der Tür auszuziehen.

»Aber ich dachte, sein Vater war Architekt?«, wundere ich mich, als ich mein Wechselgeld in der Tasche verstaue. Und zum ersten Mal überhaupt in meinem Leben glaube ich, aufrichtiges Mitleid in ihrer Stimme zu erkennen, als sie sagt:

»Ja schon, aber auch schwer alkoholkrank.«

11

»Bist du krank?« Meine Mutter klingt entsetzt, als ich einen erholsamen, sonnenintensiven Sonntagnachmittag später mit meinen Eltern an unserem schweren Nussholztisch in der Küche sitze und mich nach der bereits zweiten Holzfällerration Marillenknödel übersatt zurücklehne. Ihre Stirn legt sich weiter in beängstigend sorgenvolle Falten, geradeso, als wäre ich mit irgendeiner heimtückischen Art von Schweinegrippe oder Japanenzephalitis infiziert, als sie erneut betont: »Elli, du siehst wirklich schlecht aus«, worauf ich ihr ein augenrollendes »Vielen Dank!« entgegne und mein Vater tonlos vor sich hinschmunzelt, wohlwissend, dass ›Du siehst ja so schlecht aus‹ frei übersetzt ›Du solltest mehr essen‹ bedeutet. Genauso wie ›Du siehst aber gut aus‹ in Mums Jargon eigentlich heißt, dass es höchstdringend an der Zeit ist, schleunigst überflüssige Pfunde zu verlieren. Was in meinem Fall schon eher zutrifft, wie wohl auch der beim Probieren gerissene Zipp der schwarzen Pradalederhose traumatisiert berichten würde, wenn er denn sprechen könnte. Keine Ahnung woran es liegt, dass Mütter sich immerzu sorgen, man hätte zu wenig gegessen, zu lange in der Sonne gelegen oder zu viele Schuhe im Schrank.

Ganz abgesehen von der Sorge, häufiges Stirnrunzeln würde schlimme irreversible Falten verursachen. Na, wie dem auch sei! Ich habe Schlimmeres, womit ich mich herumschlagen muss, denn während die Polizei noch immer fieberhaft auf der Suche nach Richard Margold und, wie sich mittlerweile herausgestellt hatte, einer beträchtlich hohen Menge Geld war, welche, soviel wusste man bisher, in der Tatnacht aus Philipp Margolds Privatsafe gestohlen worden war, fehlte auch von der Tatwaffe nach wie vor jede Spur. Und wenngleich alle möglichen Alibis, meines eingeschlossen, überprüft worden waren, so blieb Sophie als Einzige nach wie vor dringend tatverdächtig, weshalb sie Wien oder besser gesagt unsere Wohnung per gerichtlichem Beschluss bis auf Weiteres keinesfalls verlassen durfte. Mit Ausnahme eines Wolfordshootings in Bregenz, das nächste Woche stattfinden sollte.

Übrigens der einzige Modeljob, der mittlerweile nicht auf Eis lag oder in den letzten Tagen aufgrund der schlechten Publicity überhaupt flöten gegangen war, was vermutlich daran lag, dass Sophies zweifelhafter Ruf unbezahlbares Marketing für die brandneuen 007-Wondertights abgab, eine Art laufmaschenloser Hightechstrumpf, welcher Frau in jeder noch so schwierigen Lebenslage verlässlich zur Seite stehen sollte. Na zumindest schien sich in einem Fall die Theorie ihres ansonsten ziemlich doofen Agenten zu bestätigen, dass ›dieser kleine Zwischenfall‹, so waren, glaube ich, seine Worte, ›keineswegs Sophies Karriere-Aus, sondern vielmehr unbezahlbare PR bedeuteten‹, wie er wenig eindrucksvoll an Paris Hilton und Lindsay Lohan zu exemplieren versucht hatte.

Währenddessen waren sowohl Philipp Margold als auch sein künstlerisches Werk in aller Munde. Die Presse überschlug sich mit der Anerkennung seines Schaffens, das Museum für Moderne Kunst arbeitete bereits an einer Sonderausstellung seines Lebenswerks und die Österreichische Post überlegte eine eigene Philipp-Margold-Sonderbriefmarkenserie mit seinem Konterfei. Der Bundespräsident höchstselbst verlieh posthum in einer berührenden Dankesrede seiner Frau das Österreichische Bundesverdienstkreuz und während der Wiener Kamerakünstler zur bewunderten Ikone hochstilisiert wurde, schaffte man es zugleich scheinbar problemlos, kein Sterbenswörtchen über die Tatsache seines höchstskandalösen und bisher ungeklärt gebliebenen Ablebens zu verlieren.

Ich schlug mich derweil abwechselnd mit meiner Doktorarbeit, den mitunter ziemlich hartnäckigen Lutschgewohnheiten, Stammelfehlern und Stimmbandknötchen des zum Teil äußerst verweigerfreundlichen Highsociety-Nachwuchses herum und freute mich über Sophies Anwesenheit, die mir immer wieder Ausreden bot, um das eine oder andere Seminar an der Uni zu schwänzen und mich außerdem bisher erfolgreich davon abgelenkt hatte, dass beinahe eine ganze Woche vergangen war, seit mir Erik einen zärtlichen Kuss auf die Lippen gedrückt und sich mit seinen süßen Lachgrübchen und den Worten ›Ich ruf dich an. Mach keinen Blödsinn‹, auf den Weg nach Manhattan begeben hatte. Und nun sitze ich hier mit meinen Eltern beim Abendessen und bekomme als Beilage zu Mums Marillenknödel die schaurig detailreichen Schilderungen der jüngsten Mordopfer meines Vaters serviert, der wie immer den Esstisch mit dem Seziertisch zu verwechseln scheint.

»Es waren 34 Stiche. Exakt 34. Verteilt über die oberen und unteren Extremitäten«, merkt er trocken an, während meine Mum seine näheren Ausführungen mit einem gestrengen

»Gunther! Doch nicht beim Essen«, erfolglos zu beenden versucht.

«Was hat der Arme denn angestellt, dass ihn seine Frau so zugerichtet hat?«, frage ich mit wachsender Neugier und grusele mich zugleich wie immer auch ein wenig.

Paps gießt erst meiner Mum und dann sich selbst Milch in den Kaffee, ehe er ungerührt fortfährt. Mit seiner bald 30-jährigen Berufserfahrung als Gerichtsmediziner konnte ihn nicht mehr viel aus der Ruhe bringen. Na ja, außer vielleicht meine Mum, wenn sie ihn wieder einmal davon überzeugen wollte, diese abartigen Artischockenkapseln gegen seine erhöhten Blutfettwerte einzunehmen.

»Laut Aussage hat er sie betrogen, jahrelang. Und jetzt rate mal wie viele Jahre genau?« Er zieht fordernd seine buschigen Augenbrauen hoch und es entfährt mir ein ungläubiges

»Doch nicht etwa 34?«

»Exakt!«, bestätigt Paps mit einem bedächtigen Nicken, was meiner Mutter auf dem Weg zur Küche ein erneut ermahnendes:

»Gunther, das ist einfach widerlich!«, entlockt.

»Sag mal«, sprudele ich nicht ungeplant plötzlich hervor, nachdem er gewissenhaft eine weitere Staubzuckerschicht über seiner Süßspeise verteilt hat. »Weißt du eigentlich etwas zu der Margold-Leiche?« Schließlich hatte ich neben Marillenknödel und Sonnenbad auch auf ein paar Insiderinfos von meinem Vater gehofft.

»Du weißt aber schon, dass das streng geheimes Polizeiwissen ist, Elli?«, schaut er ernst und ich verfalle in ein bestätigendes Kopfnicken.

»Ja, klar! Aber vielleicht kann es Sophie helfen. Du weißt doch, dass sie unschuldig unter Mordverdacht steht«, versuche ich weiter mein Glück und werfe ihm einen jener flehentlichen Blicke zu, denen ich sowohl Blacky, mein heißgeliebtes Pony als auch den Kurztrip nach London mit meinem ersten Freund Markus im süßen Alter von sechzehn zu verdanken habe.

Juhu! Er nickt.

»Na gut. Du bist dir aber im Klaren darüber, dass du die Info un-ter al-len Um-stän-den für dich behalten musst, wenn du deinen alten Vater nicht schon bald wegen Verletzung des Amtsgeheimnisses im Gefängnis besuchen willst?«, stellt er unmissverständlich klar und sofort entgegne ich betont pflichtbewusst:

»Sicher, Paps!«

»Mach dir deswegen bitte keine Sorgen«, füge ich zur Sicherheit noch hinzu. »Als Logopädin unterliege ich schließlich auch der Schweigepflicht«, auch wenn diese unter uns gesagt keine allzu große Herausforderung darstellt, denn wer interessiert sich schon ernsthaft für so furchtbar spannende Themen wie Zungenpressen, Sigmatismus oder Stimmbandknötchen?

Na ja, außer vielleicht, es handelt sich bei den Betroffenen um irgendwelche Hollywoodpromis.

»Also gut«, stimmt mein Vater zu und rutscht ein Stück näher. »Ich habe Philipp Margolds Leiche selbst seziert.« Habe ich's doch gewusst! Wenn Prominente auf höchstverdächtige Weise plötzlich sterben, ist mein Dad immer prompt zur Stelle. Er ist so was wie der Hercule Poirot der Gerichtsmedizin. »Philipp Margold wurde durch Strangulation des Halses getötet«, erklärt er. »Es fand sich ein waagrechter, zirkulärer Verlauf der Drosselmarke mit petechialen Blutungen.«

»Was für Blutungen?«

»Pe-te-chi-ale«, wiederholt er. »Das sind Blutungen, die aufgrund der Gewebequetschung in der darunter befindlichen Halsmuskulatur entstehen.« Er steckt ein Stück Marillenknödel in den Mund und ich kann es kaum erwarten, dass er endlich weiterspricht. »Zudem fanden sich punktförmige Blutungen in den Augenlidern und den Augenbindehäuten, Blutfülle in den inneren Organen, Blutaustritte unter den serösen Häuten der Brustorgane, eine starke Lungenblähung und flüssiges Leichenblut.«

Wow! Ist mir plötzlich schlecht.

Uuupss. Mein Magen krampft sich ja regelrecht zusammen.

Kann es sein, dass der Feta im Salat heut' Mittag vielleicht nicht mehr ganz frisch war?

Oder ist es etwa …

Nein! Bestimmt nicht. Schließlich bin ich ja super unempfindlich was tote Menschen, Blut und so was angeht. War ich eigentlich schon immer. Fast immer.

Na ja.

Na gut. Also einmal ist mir ein klitzekleinwenig schwarz vor Augen geworden. Aber so ein kleines

Kreislaufversagen, das kann doch wirklich jedem mal passieren, oder etwa nicht?

Das bedeutet doch keineswegs, dass man ›absolut seziersaaluntauglich‹ wäre, wie dieses grauenvoll grauhaarige Professorenmonster völlig unpassender Weise durch diesen schrecklich stickigen und mit beängstigend vielen formalingetränkten Leichen gefüllten Saal brüllen musste, als wir kleinen Logostudentinnen im Rahmen der Vorlesung eine Exkursion ins Anatomische Institut unternahmen.

»Die Drosselmarke«, fährt mein Vater in seiner belehrenden Professorenstimme fort, »lässt auf ein Strangwerkzeug schließen, das in etwa 4–5 mm dick war. Ein Kabel, Riemen oder Seil käme infrage. Die HPLC zum Nachweis toxikologisch relevanter Substanzen ergab einen erhöhten Gehalt an Paroxetinhydrochlorid«, beendet er seinen Vortrag und ich versuche mir nichts von dem Anflug an Übelkeit anmerken zu lassen.

»Was ist Parotinhydro-irgendwas?«, frage ich nach einer kurzen Denkpause und einem großen Schluck Wasser.

»Paroxetin-hydro-chlorid zählt zur Gruppe der selektiven Serotoninwiederaufnahmehemmer. Es erhöht die Serotoninkonzentration im synaptischen Spalt und wird zur Behandlung depressiver Erkrankungen, Panikstörungen und posttraumatischer Belastungsstörungen eingesetzt.«

»Heißt das, Philipp Margold war depressiv?«

Er schüttelt den Kopf. »Wie es aussieht, litt er unter Panikattacken.« Er lehnt sich langsam nach vor und blickt mich neugierig an. »Sonst noch Fragen, junge Dame?«

»Nein danke«, stottere ich immer noch etwas verwirrt. »Ich denke, ich bin im …«

Mann, ist mir schlecht! Ich habe keinen Schimmer, wo das auf einmal herkommt. Also ich muss unbedingt noch was …

»Sag mal Elli, ist alles in Ordnung mit dir?« Paps nimmt meine Hand. »Du bist ja ganz blass um die Nase«, sagt er ziemlich besorgt. Und auf einmal, als ginge ihm exakt im gleichen Moment ein Licht auf, erhellt sich seine Miene zu einem freudig strahlenden, »Elli! Du bist doch nicht etwa … schwanger?«

»SCHWANGER!«, höre ich da die schwindelerregende Glückseligkeitsstimme meiner Mum aus der Küche näher kommen.

»Oh mein Gott, Elli! Das ist ja wunderbar!« Sie strahlt übers ganze Gesicht. Ich glaube das letzte Mal hatte sie diesen Gesichtsausdruck, als ihr vom Verein für Dorfverschönerung der erste Preis für die kreativste Balkonblumengestaltung verliehen wurde, und bevor ich auch nur ein Wort sagen kann, umarmen mich meine beiden Eltern stolz wie Oscar, drücken mir Freudenküsse auf die Wangen, fallen sich freudestrahlend gegenseitig in die Arme, beglückwünschen sich zur Großelternschaft und ich kann in letzter Sekunde gerade noch den zu erwartenden Herzinfarkt meines Süßen verhindern, indem ich meine Eltern erfolgreich davon abhalten kann, dem werdenden Vater telefonisch zum bevorstehenden Nachwuchs zu gratulieren.

12

Mein Vater war Ausländer. Er lehrte mich
Österreich-Ungarische Disziplin.
Ich wusste, dass wir verschieden waren.
Manolo Blahnik

Daaaaaad!«, rief der kleine Junge im Wasser vergnügt und zappelte aufgeregt mit den Beinen.

»You'll make it. Come on!« Sein Vater streckte ihm lachend am anderen Ende des Pools die Arme offen entgegen und der kleine Junge strampelte so schnell er konnte auf seinen Vater zu.

Richard Margold hatte die Szene interessiert von der Bar aus betrachtet, wo er es sich im Schatten der großen Fächerpalmen des tropischen Hotelgartens mit einem Mai Tai und der Bangkok Post gemütlich gemacht hatte. Unwillkürlich musste er dabei an seinen eigenen Sohn denken.

An sein fröhliches Lachen, seine strahlenden blauen Augen, die widerspenstigen dunklen Locken, die ihm immer ins Gesicht hingen, wenn er nach der Schule aufgeregt in die Küche gelaufen kam und mit seinem Ranzen unterm Arm aufgeregt rief: ›Ich bin wieder da!‹

Doch dann starb Ella. Und mit ihr alles, was ihm jemals wichtig war.

Vier Jahre hatten sie erbittert gekämpft. Doch letztendlich hatten sie ihn beide verloren, den Kampf gegen den Krebs. Er sah es deutlich vor sich, das Bild mit der großen, unförmigen blauen Wolke, das Philipp kurz darauf gemalt hatte.

›Da sitzt die Mama und passt auf uns auf‹, hatte er gesagt und dann hängten sie es gemeinsam an die Kühlschranktür.

Jahre waren vergangen, doch der Schmerz wurde nicht weniger. ›Papa wach auf! Bitte!‹ Philipps flehende Worte klangen in seinem Ohr als wäre es gestern gewesen. Die Angst in seinen Augen, dass er auch diese Anstellung wieder verlieren würde.

Er hatte immer gewusst, dass Alkohol seine Probleme nicht lösen würde. Aber er machte sein Leben zumindest für einige Zeit erträglicher und das Trinken hatte er im Griff gehabt, ganz im Gegensatz zu den Karten.

Die Nachricht von Philipps Autounfall erhielt er am Pokertisch. Er hatte Full House, 100.000 Euro eingesetzt und die übrigen Mitspieler mussten passen. Eine wahre Glückssträhne. Nach dem Spiel fuhr er in offenkundiger Sorge ins Ospedale. Philipp war, wie geplant, nicht viel passiert. Bloß ein paar Knochenbrüche, die ihn – wie erhofft – schmerzten, verunsicherten und zugleich ängstigten, in genau jener erfolgversprechenden Art und Weise, die notwendig schien, um eine kränkelnde Vater-Sohn-Beziehung erfolgreich zu behandeln.

Enttäuschenderweise schien seine Schocktherapie jedoch nicht lange von Erfolg gekrönt.

Im Gegenteil, der Krankheitsverlauf schien sich zunehmend zu chronifizieren. Und nicht nur die Aussicht auf Versöhnung war in unerreichbare Ferne gerückt, sondern auch der Geldfluss drohte gänzlich zu versiegen.

Und an allem war bloß Paola schuld! Und dieser französische Rechtsverdreher.

Sie hatten Philipp gegen ihn aufgehetzt. Diesen Mafioso auf ihn angesetzt.

Für wie dämlich hielten sie ihn eigentlich? Er kannte die gesetzliche Erbfolge, wusste, dass er sich keinen Fehler erlauben durfte. Wieso bloß hatte es so weit kommen müssen?

Richard Margold zwang sich aus seinen Erinnerungen und blickte von seiner Zeitung auf. Gedankenverloren sah er wieder hinüber zum Pool. Der kleine Junge und sein Vater waren gegangen.

Finanzamt Wien 1/23
Team 8/ Gruppe 4b

Frau
Mag. Elisabeth Weitzman
Habsburgergasse 9/11
1010 Wien

Wien, am 30. 6. 2008

Betreff: Pflege- und Instandhaltungsaufwand / Ausgaben für Fachliteratur

Sehr geehrte Frau Weitzman,

Auch wenn ›Logopädenlippen‹, wie Sie schreiben, ›einen essentiellen Berufsgegenstand darstellen‹, kann Lippenstift dennoch keinesfalls als ›besondere Form von Pflege- und Instandhaltungsaufwand‹ steuerlich berücksichtigt werden. Anbei erhalten Sie deshalb Ihre Rechnungen für Lip Maximizer von Dior, Lèvres Scintillantes von Chanel und Lip Plump von Benefit zurück.

Darüber hinaus muss ich Sie außerdem darauf hinweisen, dass Ihre Rechnung für Fachliteratur steuerlich ebenfalls nicht absetzbar ist, da eine DVD der Fernsehserie ›Lipstick Jungle‹ nicht als solche gilt.

Mit freundlichen Grüßen
Maria Molart

Beilage: 4 Rechnungen

Elisabeth Weitzman
Habsburgergasse 9/11
1010 Wien

Hallo Maus,

dein Vater und ich sind noch immer völlig aus dem Häuschen.

Wir freuen uns so sehr, dass wir es am liebsten der ganzen Welt erzählen würden! Aber natürlich akzeptieren wir deinen Wunsch und werden es niemandem verraten, solange du nicht beim Arzt warst und uns grünes Licht gibst.

Ich habe übrigens ein paar sehr interessante Bücher zum Thema Schwangerschaft und Stillen gefunden. Die Liste findest du anbei.

Dicken Kuss und pass gut auf dich/EUCH auf!!!!
Mama & Papa

P.S: Ich habe dich bei diesem berühmten indischen Guru zum Kurs angemeldet. Hatha Yoga soll zur Harmonisierung der mit der Schwangerschaft verbundenen körperlich-seelischen Wandlungsprozesse wahre Wunder bewirken. Kursbeginn ist nächste Woche.

P.P.S: Besorg' dir Hirschtalgcreme. Du willst doch keine Schwangerschaftsstreifen bekommen?

P.P.P.S: Und ein hochwertiges Leinöl aus der Apotheke zur Dammmassage.

13

Ein kleines Röntgen und jetzt noch kurz zum Arzt, denke ich einige Tage später, als ich die mitgebrachte Post frustriert in meine Tasche stecke und, ihren Inhalt sogleich verdrängend, mich interessiert im Wartezimmer umsehe. Wo ist sie bloß? Hoffentlich hat sie heute nicht frei und ich habe am Ende ganz umsonst meinen Kiefer einer beängstigend-gefährlichen Riesenportion ungarischer Röntgenstrahlen ausgesetzt, in etwa zwölf Stopp-, vier Vorrang- und ein Einfahrtverbotsschild erfolgreich überfahren und, was das Schlimmste ist, Eriks Wagen eine leider kaum übersehbare Schramme an der linken Stoßstange zugefügt. Bloß gut, dass er von seinen Meetings in New York direkt nach London weiterfliegen musste und da voraussichtlich auch noch einige Tage bleiben wird.

Seit ich die Praxis betreten habe, mustere ich von der Empfangsdame bis zur Röntgenassistentin jede Person mit Adleraugen. Zum Glück tragen alle Namensschildchen, was die ganze Sache immens erleichtert, doch von Ildikó scheint bisher jede Spur zu fehlen.

Und dabei war es ein solcher Glücksfall gewesen, dass ich sie überhaupt auf dieser Ärztehomepage hatte ausfindig machen können, direkt neben der deutschsprachigen Infohotline für Patienten. Es gab zwar kein Foto, aber ihr Name prangte neben einem chinesischen Schriftzeichen, das für schmerzfreie Zahnbehandlung stand, samt dem Hinweis, dass Terminvereinbarungen in deutscher Sprache täglich von 10 bis 12 Uhr möglich waren. Ein Lob auf die Gebrüder Google. Auch wenn objektiv gesehen die Chancen verschwindend gering waren, dass dieser Termin mehr als bloß die eine oder andere unliebsame Kariesstelle zutage befördern würde.

Aber egal, immerhin war dies ja nicht unser einziger Anhaltspunkt. Beim Durchforsten ihrer Geschäftskontakte war Sophie auf eine kleine Modelagentur im ungarischen Stadtteil Passarét gestoßen, welche ebenfalls eine Ildikó Kourkowa in ihrer Kartei führten. Ihre Setcard war gepostet und direkt im Anschluss hatte ich unter dem Vorwand, für eine logopädische Werbekampagne auf der Suche nach einem Model zu sein, einen Termin mit der Agenturleitung.

»Frau Weitzman«, fordert mich da eine einfühlsam weiche Stimme mit ungarischem Akzent auf mitzukommen und ich folge der freundlichen Assistentin durch den asiatisch inspirierten Raum ins Behandlungszimmer.

»Wenn Sie bitte hier Platz nehmen«, bedeutet mir kurz darauf eine ganz in sterilem Weiß gekleidete Frau, kritzelt irgendetwas in die blaue

Patientenakte, die sie in der Hand hält, und im nächsten Moment streckt mir ein großer grauhaariger Mann, laut Namensschild Dr. Sékésy, wie ich noch immer mit Argusaugen sofort zur Kenntnis nehme, seine karibikgebräunte Hand zur Begrüßung entgegen und eröffnet mir nahezu akzentfrei, begleitet von einem arglos-weißen Zahnpastalächeln, dass mein ›6er im Oberkiefer leider eine äußerst bedenkliche Kariesstelle aufweist, die man unbedingt sofort behandeln muss‹, und ich verstumme.

Während ich noch immer überlege, ob ich die letzte Gelegenheit bei meinem Ponytail packen und mich auf dem schnellsten Wege auf und hinaus machen sollte angesichts der beunruhigenden Tatsache, dass sich wohl gleich ein riesiger Bohrer 600 Kilometer entfernt von zu Hause unausweichlich in meinen Zahn graben wird, fehlen mir nach wie vor die Worte, was Doktor Perlweiß mit ›öffnen Sie bitte den Mund‹ wohl als Zustimmung fehlinterpretiert und geradewegs mit seiner Spritze auf mein unschuldiges Zahnfleisch zielt, als ein ohrenbetäubender Schrei losbricht – der uns beide sogleich überrascht zusammenzucken lässt. Im nächsten Moment wird die Tür aufgerissen, herein stürzt eine erschrockene Blondine und erst jetzt bemerke ich, dass meine Hände Dr. Sékésys fest umklammern und ich es bin, die noch immer aus voller Kehle schreit.

Kurze Zeit später finde ich mich im sogenannten Angstraum auf der Entspannungsliege wieder und bin langsam dabei mich wieder zu fangen, während mir die Assistentin von ›Dr. Bohrefroh‹ mitfühlend ein Glas entgegenstreckt.

»Hier, das wird Ihnen gut tun«, sagt sie. Ich setze mich langsam auf. Meine Hände zittern noch immer, als ich vorsichtig einen Schluck nehme und auf den kleinen grünen Stein am Glasboden starre.

»Amazonit«, erklärt sie, nachdem sie meine Verwunderung darüber offensichtlich bemerkt hat. »Ihm wird eine besonders beruhigende und entlastende Wirkung auf den menschlichen Organismus nachgesagt.« Dann lässt sie vorsichtig fünf kleine weiße Kügelchen aus einem braunen Glasfläschchen auf eine besondere Art von eckigem Plastiklöffel gleiten und ich bin sicher, dass meine Mum den Laden hier wohl ziemlich genial finden würde, als sie mir die homöopathischen Wunderglobuli entgegenstreckt und gleich darauf mit einer entkrampfenden Gesichtsakupressurmethode fortfährt, die augenblicklich mein unangemessenes Übermaß an Angst einem angenehmen Entspannungsempfinden weichen lässt.

»Es tut mir ja so leid, dass das passiert ist«, sage ich etwas peinlich berührt und hüstle verlegen, angesichts des lauten Traras, das ich hier verursacht habe. »Also ehrlich gesagt, weiß ich gar nicht so recht, wie es dazu gekommen ist. Ich meine, es war ja eine vollkommen normale Untersuchung. Und ich kann Ihnen sagen, ich habe auch überhaupt gar keine Angst vor Ärzten. Wirklich nicht!«, versuche ich mich mit versichernd hochgezogenen Augenbrauen weiter zu erklären und sie lächelt verständnisvoll. »Wissen Sie, mein Vater ist auch Arzt. Also er hat keine Ordination. Na, wie dem auch sei. Also Spritzen mag ich nicht besonders, aber ich meine, wer mag die schon, nicht wahr?« Ich räuspere mich erneut, während die Assistentin zustimmend mit dem Kopf nickt, und bin eben dabei zu erklären, dass so eine Spritze einen ganz schön aus der Fassung bringen kann, wenn man noch dazu so vollkommen unvorbereitet mit ihr konfrontiert wird, als sie meinen Redeschwall sanft unterbrechend feststellt:

»Das kann jedem mal passieren. Machen Sie sich deswegen keine Sorgen. Sie sind nicht die erste Patientin, die einen kleinen Zusammenbruch hatte.«

»Wirklich?« Puh! Da bin ich aber jetzt echt erleichtert, dass ich nicht als die einzige Verrückte in die Praxisgeschichte eingehen werde, denke ich und sie nickt milde, während sie angenehm frisch duftende Seife auf ihren Händen verteilt.

»Wissen Sie, auf dem Zahnarztstuhl können verdrängte traumatische Erlebnisse wiederaufbrechen. Schlimme Erfahrungen zum Beispiel, auch wenn sie schon lange Zeit zurückliegen, können in einer solchen Situation wieder bewusst werden«, sagt sie, greift nach dem Handtuch und ich bemerke eine kleine Narbe an der Innenseite ihres Handgelenks, während ich ruckzuck damit beginne, mein Gedächtnis auf etwaige traumatische Erlebnisse zu scannen. Wie etwa den Anblick meiner Oberschenkel in diesem winzigen Triangelbikini von D&G … und verschlucke mich fast, als sie auf meine Frage, welche Art von Trauma sie denn meint, »Missbrauch« sagt.

»Studien haben ergeben, dass Missbrauchsopfer die Situation auf dem Zahnarztstuhl als besonders erschreckend erleben«, fährt sie nach einer kurzen Pause fort. »Erfahrene Empfindungen von Hilflosigkeit und Ausgeliefertsein können erneut aufbrechen.« Sie blickt betroffen zur Seite und mit einem Mal sieht sie völlig anders aus.

Ihr strahlendes Lächeln ist verschwunden. Sie wirkt bleich und irgendwie verloren.

Ich glaube ihre Hände zittern und … Nein! Sie wird doch jetzt nicht weinen?

Ojeojeojemine. Was soll ich denn jetzt bloß machen?

Ich fühle, wie ich ein klein wenig panisch werde. Wie waren noch gleich die ›Vier Grundregeln des erfolgreichen Zuhörens‹? Mist! Alles, was mir einfällt sind die ›Zwölf Tipps für den besten Sex deines Lebens‹. Na toll! Immer dann, wenn ich sie nicht brauche.

»Sind Sie Psychologin?«, bringe ich nach einer ganzen Weile endlich hervor. »Ich meine, weil Sie sich auf diesem Gebiet so gut auskennen?«

»Nein.« Sie schüttelt den Kopf, während ihre Hand verlegen eine aufkommende Träne wegstreicht. »Aber ich interessiere mich sehr für dieses Thema«, und gleichsam als Erklärung fügt sie hinzu, »weil es ja auch viele unserer Patienten betrifft.«

»Verstehe«, nicke ich zustimmend und auf einmal regt sich etwas in meinem Gehirn.

Der Name auf ihrem Schild, den ich vor lauter Aufregung erst jetzt bemerke: *Ildikó.*

Und jetzt erkenne ich sie. Die ebenmäßigen Züge. Ihre elfenhafte Gestalt. Der geheimnisvolle Gesichtsausdruck. Klar, die Steckfrisur und das figurbetonte Abendkleid fehlen, aber sie ist es. Eindeutig. Darin besteht kein Zweifel. Auf der Suche nach den Toiletten in der Gloriette habe ich sie gesehen. Gemeinsam mit Philipp Margold. Ach, du meine Güte! Deshalb war mir das Gesicht auf der Setcard so bekannt vorgekommen. Miss Sopron 1996. Die Nummer 123 der Modelkartei. Sie sind ein- und dieselbe Person. Die Zahnarztassistentin ist das Model.

14

»Und du kennst sie?«, erklingt tags darauf Olivier Mathieus überraschte Stimme aus der schicken Bulthaup-Küche und Sophie, die neben mir auf dem tabakfarbenen Designersofa sitzt, schüttelt vehement den Kopf, während ich noch immer vollauf damit beschäftigt bin, mir nicht anmerken zu lassen, wie total aus dem Häuschen ich eigentlich bin, als mein Blick zum wiederholten Male durch das sonnendurchflutete Glaskuppelloft in unmittelbarer Nähe der prachtvollen Wiener Ringstraße schweift.

»Ich weiß bloß, dass diese Jil die Hälfte meiner Jobs eingesackt hat.« Sophies Stimme klingt frustriert, als sie nervös an ihrer Bulgarikette zupft und ich ihr, dankbar dafür, dass sie sich dazu hat überreden lassen, mich hierher mitzunehmen, aufmunternd zulächle. Schließlich war das hier eine Geschäftsbesprechung und zugleich Sophies letzter Hoffnungsschimmer, was nicht bloß an ihren angespannten Gesichtszügen sowie der maßlosen Verwendung von Chanel Mademoiselle zu erkennen war, das sie mittlerweile sogar nachts trug – getreu Coco's Lebensmotto ›Une femme sans parfum est une femme sans avenir‹, was frei übersetzt soviel heißt wie: ›Eine Frau ohne Parfum ist eine

Frau ohne Zukunft‹. Und eben jene schien, wie wir nicht nur aus Frau Romanos 500 Euro teuren Weissagungen wussten, in wahrlich höchst beunruhigenden Sternenkonstellationen zu liegen.

Ihren Manager hatte sie wegen seiner Inkompetenz gefeuert, sie hatte seit dem Mordfall keinerlei Aufträge, und das, obwohl die Herbstschauen quasi vor der Tür standen und der Pressetsunami, der noch immer vor unserer Wohnungstür wütete, war dazu übergegangen, den zu versiegen drohenden Informationsfluss aufgrund des weithin stagnierenden polizeilichen Ermittlungsprozesses mit allerhand Mordspekulationen und unangenehmen Details aus Sophies Vergangenheit am Laufen zu halten. Da Sophie aber dringend einen Manager brauchte, was als ›Mörder-Model‹, wie sie erst heute morgen wieder von der Krone tituliert worden war, nicht gerade das leichteste Unterfangen darstellte, kam ihr der Einfall, dass Olivier Mathieu diesen Job übernehmen könnte, wo er ja nun quasi sowieso arbeitslos war. Wenngleich ich denke, dass er das wohl nicht sehr lange bleiben wird, wenn ich mir die tiffanygerahmte Promigalerie hier näher betrachte. Beinahe die halbe Gala-Society-Rubrik tummelt sich da Arm in Arm mit dem Hausherrn am Kaminsims. Alle möglichen Schauspieler, darunter diese heißblütige Spanierin, die letztes Jahr den Oscar für die Rolle in diesem Woody Allen Film bekommen hat, einige nicht eben unbekannte Models in – na sagen wir mal – ziemlich ausgelassener Stimmung, Philipp Margold braungebrannt irgendwo am Strand, die Chefredakteurin der französischen Vogue in Begleitung von so einem weißhaarigen Alten, mit Stehkragenhemd. Oh mein Gott, das ist doch nicht etwa Lagerfeld? Und im letzten Moment gelingt es mir, meine Stimmbänder daran zu hindern, vor Begeisterung laut loszukreischen, als Olivier Mathieu im Türrahmen erscheint und, den Raum in eine angenehm-herbe Sandelholznote hüllend, drei kleine silberne Espressotassen samt einer mit bunten Macarons gefüllten, pistaziengrünen Dose vor uns abstellt, auf deren Rand die zartgoldene Schrift der Pariser Konditorei Ladurée prangt.

»Alors«, äußert er heiter, während er uns die Tassen reicht und ich bekomme schon wieder Gänsehaut. Keine Ahnung wieso, aber Französischsprechende Männer, noch dazu wenn sie so dermaßen gut aussahen, lösten diese Reaktion schon immer bei mir aus. Aber verraten Sie das bloß nicht Erik, sonst riecht der doch gleich den Braten, wenn ich ihm zum Geburtstag diesen Französischkurs schenke.

»Maintenant ich bin beschäftigt mit Philipps Nachlass, Urheberrechtsfragen, et cetera«, fährt er ruhig fort, stellt seine Tasse ab und wirft Sophie, die mich in ihrem engen, dunklen Seidenanzug von Strenesse und dem streng geknoteten Chignon irgendwie an unsere alte Mathematikprofessorin erinnert, ernst an. »Ich 'abe nicht entschieden, wie es danach weiterge'en soll. Es liegen mehrere Offerte auf dem Tisch, mais à moment ich kann unmöglich irgendwelche verbindliche Susagen machen«, sagt er, was Sophie mit einem verständnisvollen Kopfnicken zur Kenntnis nimmt.

»Ich will dich keinesfalls zu einer übereilten Entscheidung drängen«, sagt sie nach einer kurzen Pause, während ich verstohlen ein köstlich aussehendes, rosafarbenes Himbeermacaron in den Mund stecke und mich ernsthaft frage, seit wann genau ›Fräulein aufbrausender Sturkopf‹ eigentlich im Besitz solch diplomatisch-schmeichelnder Fähigkeiten ist.

»Du kennst meine derzeitige Lage, Olivier. Du weißt genauso gut wie ich, ich brauche keinen guten Manager, ich brauche den besten!«

In dieser Art geht das Gespräch noch ewig weiter. Sophie wird nicht müde, Olivier abwechselnd Honig ums Maul zu schmieren und ihm eine Zusammenarbeit mit ihr unter Hinzunahme allerlei ermunterndem Augengezwinker schmackhaft zu machen, was mich etwas überrascht, da ich eigentlich vermutet hatte, dass er schwul sei, während er, höflich interessiert zuhörend, sie immer wieder kurz unterbricht, um nähere Informationen zu generieren, oder ihr schlicht und einfach lächelnd Kaffee nachzugießen. Ich befürchte ernsthaft im nächsten Moment vor lauter Langeweile wegzupennen, als mir plötzlich zwischen dem gegenseitig sich zujubelnden Pingpong-Feuerwerk an Superlativen die geniale Idee kommt, mich einfach für eine Weile zu verabschieden.

Ganze zehn Minuten später, nachdem ich endlich den unter einer Art Kommode aus Zebraholz versteckten Lapislazuli-Luxuslokus finden und den designten Wasserhahn in Gang bringen konnte, stehe ich hier und bestaune den Wasserfall, der sich über die schwarze Granitwand in ein auf Speckstein gebettetes, vanille-pflaumenfarbenes Orchideenmeer ergießt.

Ich frage mich, ob es Monsieur Mathieu wohl sehr stören würde, wenn ich mal ganz unauffällig mein Handy aus der Tasche fischen und ein paar Fotos schießen würde? Gewissermaßen als klitzekleines Andenken an meinen Abstecher in die Welt von Elle Decoration. Ich meine, immerhin ist das hier eine von Wiens teuersten Immobilien! Schreibt zumindest das Wirtschaftsblatt.

Ja, und Sie dachten so was lese ich nicht.

Also ehrlich gesagt, war es ein kleines Missverständnis – aber wieso drucken die auch Roberto Cavalli aufs Titelblatt?

Na, wie dem auch sei.

Ich verteile eben ein wenig von dem zart-schmelzenden, herrlich nach Granatapfel und Kokos duftenden Feuchtigkeitsgelee auf meinen Händen und stelle es flink zurück auf den Waschtisch aus milchigem Glas, als mein Blick auf die blankpolierten Türen fällt. Offensichtlich der Toilettenschrank. Und sowie ich ins Schrankinnere blicke, wo sich die luxuriösesten Body Treatments türmen, bin ich sicher, dass wir unbedingt auch so ein Teil brauchen, während ich wie in Trance an den glänzenden Verschlüssen schraube und die herrlichen, mal fruchtigen, mal blumigen Duftnoten ihres Inhalts beschnuppere.

Mittlerweile ist mir vollkommen schleierhaft, wie wir überhaupt all die Jahre mit diesem kärglichen Etwas von Schrank auskommen konnten, in dem bloß eine verwaiste Tube Nivea-Handcreme und etwas pH-neutrale Flüssigseife, zusammengewürfelt mit einigen halbleeren Schachteln Kopfwehtabletten, vor sich hingammeln.

Zugegeben, es gibt auch hier halbleere Tablettenschachteln aus dem Jahre Schnee. Und unter uns gesagt, sind das nicht bloß Aspirin und ein wenig Paracetamol, sondern schon eher ziemlich hammermäßige Beruhigungsmittel. Aber davon abgesehen, gibt es Seifen in allen erdenklichen Größen, Formen und Farben, die herrlich nach reifen Mangos, grünem Tee und tropischer Passionsfrucht duften. Es stapeln sich kleine Pröbchen mit zartschmelzenden Feuchtigkeitsgelees in blassen Sorbetfarben, Hand- und Körperpeelings mit irisierenden Perlmuttpartikeln und ätherischen Ölen aus indischer Tuberose, Cremes mit Sandelholz und schwarzer Orchidee, seidigzarte Mini-Erfrischungstücher mit Kokos- und Süßmandelöl … Wahnsinn! Ich weiß überhaupt nicht, woran ich zuerst riechen, welches Döschen oder Tübchen ich zuerst ausprobieren soll. Es ist wie im Traum. Nein besser, wie im SPAraffenland, denke ich und hole berauscht mein Handy aus der Tasche, um auf die Uhr zu sehen, ob es denn schön langsam an der Zeit ist, zu Sophie und Olivier zurückzukehren und bei der Gelegenheit gleich noch das eine oder andere Foto zu schießen, als mein Herz angesichts der Nachricht in meinem SMS-Eingang einen freudigen Satz macht.

Hi Honey,
alles erledigt!
Kann's kaum erwarten heimzukommen.
Landung: Morgen 19 Uhr.
Kuss,
Erik

15

Manolo Blahnik's shoes are as good as sex …
and they last longer.
Madonna

19 Uhr, sagt mir ein rascher Blick auf die Backofenuhr, während ich den Kuchen vorsichtig ins Rohr schiebe, ehe ich aufgeregt in meine aus Paris mitgebrachte Lingerie schlüpfe, ein paar Tropfen ›The One‹ auf strategisch sinnvollen Körperstellen verteile, und die Reparaturrechnung für Eriks Wagen an einem sicheren Ort verschwinden lasse, als es an der Tür klingelt. Ich flitze, soweit in meinen mörderhohen aber dafür super-beinverlängernden Heels überhaupt möglich, hinaus, spähe durchs Guckloch, erkenne eine erschöpfte männliche Gestalt im schwarzen Armani, drehe in freudiger Erwartung aufgeregt am Schlüssel und im nächsten Moment schlinge ich mit einem überschwänglichen »Hi, mein Schatz!« meine Arme um seinen Hals. Oder besser gesagt, versuche es erfolglos, weil Erik oder präziser formuliert, das was von ihm nach ewig langer Geschäftsreise noch übrig ist, anscheinend noch mitten in einem Call steckt. Denn anstatt der erwarteten Bin-ich-froh-dich-wiederzusehen-Umarmung und einem zärt-

lich-erfreuten Willkommenskuss besteht seine Begrüßung aus »Wait a moment«, einer grimmigen Miene und seinem am Ohr festklebenden Blackberry. Na toll!

Soviel zu ›Wie Sie in zwei Minuten unvergesslichen Sex haben‹.

Er stellt seine Koffer ab und wirft mir einen gestressten Blick zu, während er in seinem seriösbestimmenden Anwaltston ohne Unterbrechung weitertelefoniert.

»It's time to act. Right now!«

»Das finde ich aber auch«, stelle ich verschmitzt fest, ziehe die linke Augenbraue einladend hoch und versuche den erotischsten Blick, den meine Gesichtszüge hergeben, nur um im nächsten Moment festzustellen, dass dieser gänzlich unbemerkt bleibt. Da mein Mister Law & Order bereits schwungvoll dabei ist, einen Berg Akten unter seinen Arm zu klemmen, seinen schwarzen Laptop aus der Pradaledertasche zu ziehen, die ich ihm zur Anwaltsprüfung geschenkt habe … und mit einem Mal wird mir klar, dass das wohl heute nichts mehr wird mit Sex in the City.

Also begnüge ich mich mit einer Folge Sex and the City, zwei Stück Tarte Tatin und schließe mich den 65 % an, die laut Cosmopolitan der Meinung sind, dass der Stellenwert von Sex in unserer Gesellschaft sowieso überproportional hoch bewertet wird, während Erik noch immer ohne Unterbrechung die letzten Schritte des morgigen Closings über seinen Blackberry koordiniert und nebenbei wie wild in sein Notebook hämmert. Wenn er bloß auf mich so wild wäre, wie auf diese Minischreibmaschine!

Nach weiteren 40 geduldigen Minuten, die Erik mit komplizierten Vertragsdiskussionen, einem gleichzeitig laufenden Internetmeeting mit der amerikanischen Partnerkanzlei und dem nebenbei flinken Beantworten seiner E-Mails verbringt – wehe, er versucht mir noch einmal weiszumachen, er könne unmöglich lesen UND mir zuhören zugleich –, habe ich alle romantischen Gedanken desillusioniert gemeinsam mit meinen Manolos über die Couch geworfen und meinen Look meiner aktuellen Stimmungslage angepasst. Was bedeutet, dass ich zum Entsetzen so ziemlich jeder Frauenzeitschrift in Gegenwart meines Mannes das Gesicht in eine frustriert zubereitete giftgrüne Maske aus frischer Avocado und meine Finger in eine tröstend-figurgefährliche Riesentüte Kartoffelchips gesteckt habe – na, zumindest stand light drauf –, während Carrie Bradshaw am Bildschirm eben die Augen aufschlägt, untermalt von Eriks gestresstem Tonfall:

»No more delays. We need it tomorrow!«

Was ist eigentlich aus ›We've got tonight, who needs tomorrow‹ geworden?

Oder aus ›You can leave your hat on‹ und ›Let's do it like they do on the discovery channel‹.

Ich meine, das kann doch alles wirklich nicht wahr sein?

Wir sind noch keine sechs Monate verheiratet, Erik war Lichtjahre auf Geschäftsreise, Sophie verbringt ausnahmsweise die Nacht bei ihren Eltern, was mich mein gesamtes Repertoire an Überredungskunst gekostet hatte, der Champagner liegt auf Eis, eine meiner sensibelsten Stellen wurde heute morgen extra gewachst und mit einem entzückenden Strassherz verziert … und alles bloß, damit ich hier mutterseelenallein vor der Flimmerkiste sitze? Ich meine, wie soll das denn bitte noch weitergehen?

»Er macht per Post-it mit ihr Schluss«, stellt Erik, der scheinbar eben sein Telefonat beendet hat, schmunzelnd fest, öffnet entspannt den obersten Knopf seines weißen Brioni-Hemdes und, offensichtlich den Ernst der Lage völlig verkennend, fügt er ein amüsiert lächelndes »Wie oft hast du die Folge eigentlich schon gesehen?« an, während ich hier langsam aber sicher die Krise kriege. »Solltest du nicht telefonieren?«, knurre ich, ohne ihn anzusehen und konzentriere mich wieder darauf, wie Carrie voller Wucht den Strauß rosa Nelken vom Tisch schlägt.

Eine unter uns gesagt ziemlich geniale Reaktion, wie ich finde. Im Geiste verfluche ich mich sogleich dafür, dass sich in der gesamten Wohnung kein einziger popeliger Blumentopf befindet, der dazu geeignet wäre, ihn in ähnlicher Weise nach Erik zu werfen. Was mir schlagartig zu Bewusstsein führt, dass mir mein ach so tolles Exemplar von Ehemann noch nicht mal einen Strauß Blumen mitgebracht hat, während er, sichtbar zufrieden mit sich und seinem erfolgreichen Vertragsabschluss, superentspannt ein gemütliches Glas Brunello einschenkt und mir mit einer Mein-Name-ist-Hase-ich-weiß-von-nichts-Miene ebenfalls ein Glas entgegenstreckt.

»Magst du auch einen Schluck?«, lächelt er arglos und wüsste ich nicht, dass ich diejenige bin, die die Sauerei hinterher beseitigen muss, würde ich es ihm geradewegs in sein ahnungsloses Gesicht feuern. Stattdessen schüttele ich bloß entschieden den Kopf und beschließe, ihn von nun an zu ignorieren.

»Honey«, erklingt seine Stimme nach einer ganzen Weile gegenseitigen Schweigens und er wirft mir einen ziemlich verständnislosen Blick zu, »kann es sein, dass du aus irgendeinem Grund böse auf mich bist?«

»Aus irgendeinem Grund?«, platzt mir der Kragen und ich springe kopfschüttelnd von der Couch auf, hüpfe frustriert mehrmals auf und ab, bis mich eine überraschende Rumpelstilzchenassoziation schlagartig erstarren lässt, während Erik entgeistert das Szenario verfolgt.

»Ich habe extra deinen Lieblingskuchen gebacken!«, schreie ich wütend unter seinem wortlos erstaunten Blick, »unser Schlafzimmer versinkt in einem Meer aus Rosenblüten, ich empfange dich in einem dermaßen winzigen Etwas, dass ›Agent Provocateur‹ noch nicht mal imstande war, sein Label daran festzumachen und du, du …«

»Es tut mir leid!«

Eriks Stimme klingt ehrlich zerknirscht.

»Ich bin ein Idiot«, seufzt er und ich nicke zustimmend. »Du hast dir solche Mühe gegeben. Und ich? Ich habe bloß meine Arbeit im Kopf.« Er kommt näher, greift etwas verlegen nach meiner Hand und ich spüre wie mein Ärger langsam verfliegt, als er mich mit seinen dunklen Augen fixiert.

»Schuldig im Sinne der Anklage«, stelle ich fest und auf einmal muss ich lächeln, während er mich näher an sich zieht. Ich fühle wie ich weich werde und dann küsst er mich, lange und zärtlich.

»Mhm, schmeckt nach Guacamole.«

Mhm.

Herrlich.

Ich liege zusammengerollt in Eriks Arm und lächle zufrieden vor mich hin.

Kann es sein, dass Avocado ein Aphrodisiakum ist?

Also ich muss schon sagen, das war … Nun ja ziemlich …

Ähm, ich glaube es muss erst noch ein neues Wort dafür erfunden werden.

Ich könnte ewig hier so liegen, bis mir auf einmal klar wird, dass ich Erik ja überhaupt noch gar nichts erzählt habe. Und dabei war es eine ganze Menge, die es zu berichten gab.

Etwa die Sache mit Sophie.

Seit gestern hatte sie einen neuen Manager. Er heißt Pierre. Olivier Mathieu hatte den Kontakt vermittelt, nachdem er Sophie klar gemacht hatte, dass eine Zusammenarbeit ihrer beider Reputation erheblich schaden würde – schließlich wurde sie des Mordes an seinem Arbeitgeber verdächtigt. Erik hatte außerdem gemeint, dass Olivier wohl auch deshalb abgelehnt hatte, weil er wieder zurück in die Anwaltschaft gehen wolle. Er war schon Wochen vor Philipp Margolds Tod in der Datenbank von Michaels Londoner Firma eingetragen, und zwar für den Bereich M&A. Aber egal. Dieser Pierre war ein echter Glücksfall. Innerhalb weniger Stunden war es ihm gelungen, eine internationale Pressemeldung auszusenden, in der er das unethische, den Journalistenstand mit Füßen tretende bisherige Vorgehen aufs Schärfste verurteilte und Sophies ausbleibende öffentliche Stellungnahme mit den laufenden polizeilichen Ermittlungen nachvollziehbar begründete sowie eine Pressekonferenz, sobald das Verbrechen an Philipp Margold geklärt sein würde, ankündigte.

Die Meldung war kaum draußen, da hatte er bereits Kontakt mit ihrer Pariser Agentur aufgenommen und arbeitete mit deren Unterstützung intensiv daran, einen Teil ihrer verlorenen Werbeaufträge zurückzugewinnen. Außerdem hatte er Sophie ein Interview in einer Radiosendung von Ö3 verschafft, in welcher sie heute Morgen nach einem vorangegangenen vierstündigen Briefing sympathiegewinnend über den harten Weg zum Topmodel sowie ihr aktives soziales Engagement für bosnische Waisenkinder plauderte und ihr Bestreben, mit der Polizei weiterhin intensiv zu kooperieren, kundtat, damit diese den wahren Mörder so schnell als möglich fassen konnte. Die Einschaltquoten waren phänomenal, als sie mit einem Schmunzeln von ihrer Abneigung gegen Champagner erzählte und spätestens als sie auf die Frage nach schlechten Angewohnheiten, selbstironisch antwortete: ›Mich in falsche Männer zu verlieben‹, war wohl auch der letzte zweifelnde Zuhörer von ihrer Unschuld überzeugt. Mit Ausnahme dieses starrköpfigen Kommissars, der sie weiterhin in Untersuchungshaft sehen wollte, obwohl mittlerweile aufgrund einer Anzeige von Paola Visconti ein Haftbefehl gegen Richard Margold verhängt worden war, den sie des schweren Diebstahls und Mordes beschuldigte.

»Das heißt also, dass in diesem neuen Polizeigutachten eine Fremdmanipulation der Bremsen nachgewiesen werden konnte?« Erik wirft mir einen fragenden Blick zu, den ich sogleich kopfnickend bestätige, während er, eben aus der Dusche kommend, das Badezimmer in einer duftenden Dampfwolke versinken lässt und ich vorsichtig meine Kontaktlinsen in den dafür vorgesehenen Plastikbehälter stecke.

»Also wenn du mich fragst, ergibt das alles keinen Sinn«, stelle ich frustriert fest, nachdem ich eine Miniportion Creme vorsichtig klopfend, wie die InStyle mich gelehrt hat, auf meinen Lidern verteilt habe und mich nachdenklich auf den Badewannenrand setze. »Ich meine, warum um alles in der Welt sollte Richard Margold seinen Sohn ermorden wollen? Er finanzierte seine Spielsucht, bezahlte seine Wohnung, kam für alle seine Ausgaben auf«, überlege ich laut, als ich meinen Ehering ablege und mein Haar zusammenbinde. »Welchen Vorteil hätte ihm sein Tod denn schon gebracht?«

»Die Hälfte des Vermögens seines Sohnes zum Beispiel«, stellt Erik mit müdem Blick fest und ich folge ihm überrascht ins Schlafzimmer.

»Wieso denn das?«, wundere ich mich, während ich zu ihm ins Bett schlüpfe und er das Licht löscht. »Philipp Margold war kinderlos. Damit gab es einen klaren Erbanspruch«, sagt er und drückt mir einen dicken Gutenachtkuss auf den Mund, bevor ich die Akte Margold für heute schlafen lege.

16

Die roten Sohlen sind ein sehr fiktives Element,
wie das Pendant zu den Lippen einer Frau.
Ein Abschiedskuss.
Christian Louboutin

Es hieß ›Der Kuss‹.

Olivier Mathieu hatte es an einem seiner ersten Tage in Wien in den prächtigen Räumen des Schlosses Belvedere bestaunt und wenngleich er nicht wusste weshalb, so löste ihr schlafendes Antlitz doch eine ähnlich lähmende Traurigkeit in ihm aus, wie es vor einigen Jahren jenes ornamentreiche Jugendstilmeisterwerk von Gustav Klimt getan hatte. Gefühle der Zuneigung, des starken Verlangens, sie zu beschützen, vermischten sich mit Verwirrung, Schuld und Angst, als er das schlummernde Wesen in seinem Arm liebevoll betrachtete.

Die letzten Wochen hatten alles geändert. Das nahm er bitter zur Kenntnis. Philipp war tot und ein Teil von ihm war mit ihm gestorben. Doch ein anderer, längst tot geglaubter Teil seines Selbst begann nun scheinbar auf eine wunderbar einzigartige Weise, die er bisher nicht kannte und welche ihn zugleich ängstigte, zu leben. Er wusste nicht, ob er diesen neuen Gefühlen trauen konnte. Bisher waren Frauen für ihn nicht mehr als eine Art flexibel austauschbares Accessoire, mit dem man sich je nach Bedarf schmücken konnte, oder vielmehr musste. Schließlich war Mann ohne ein mindestens 20 Jahre jüngeres, strahlendes Feenwesen im Arm schneller in den Klatschspalten der Hochglanzzeitschriften als gay bezeichnet, als publicitygedrungenermaßen am roten Teppich in die aufgereihten Pressekameras gelächelt werden konnte. Und bisher war er immer sehr erfolgreich darin gewesen, die Klatschpresse und die Menschen, die sie bediente, glauben zu machen, was sie glauben wollten und zugleich geheim zu halten, was niemanden zu interessieren hatte. All die Jahre hatte er gutes Geld damit verdient. Und er war glücklich gewesen mit diesem seinem Leben.

Doch mit einem Mal war alles anders. Das Schicksal hatte die Karten neu gemischt. Nicht nur für ihn. Auch für sie. Er war sicher, dass er Paola niemals vor Philipps Tod so unbeschwert, so ausgelassen, ja geradezu fröhlich erlebt hatte.

›Du wirst sehen, Siena wird herrlich. Wir werden wunderbar laue Abende im Garten verbringen, Margeritas Pasta genießen. Vielleicht laden wir Giorgio ein, wenn er von den Schauen in Paris zurück ist. Wir müssen Gianna in Florenz besuchen, ich bin so gespannt auf ihre neue Kollektion.‹ Ihre Augen strahlten ihn voller Wärme und Glückseligkeit an.

Erst hatte er befürchtet, dass sie womöglich die Dosis ihrer Beruhigungsmittel gesteigert hatte. Doch zu seiner Überraschung schien sie das Medikament nach mehr als drei Jahren erstmals völlig abgesetzt zu haben. Und sie traf sich wieder mit Freunden. Besuchte die neuen Ausstellungen von Kokoschka und Picasso in der Albertina, ging in die umjubelte Neuinszenierung der Zauberflöte in der Staatsoper und trank keinen Tropfen.

Zugegeben, er hatte sie an jenem Abend beobachtet, als sie aus dem Orient kam. Ihr Gesicht war unter einem kunstvoll drapierten, dunklen Tuch verborgen, aber er kannte ihren Gang. Ein dezentes Hinken, das ihr seit dem schweren Sturz beim Polo geblieben war. Es war nach Mitternacht – laut Polizei die Tatzeit.

Ja, er hatte ihr ein Alibi verschafft. Ausgesagt, dass er sie heimgebracht und das Haus erst eine Stunde nachdem sie zu Bett gegangen war, verlassen hätte. Aber was sagte das schon aus? Bestimmt war sie bloß neugierig gewesen. Wollte wissen, ob und mit wem Philipp sie diesmal betrog. Das war schließlich kein Verbrechen.

Bisher hatte er dieses Wissen für sich behalten. Wozu unnötig Staub aufwirbeln? Die Polizei hatte ihre Verdächtigen. Und mit Sicherheit nicht unbegründet, wie er zumindest im Falle dieses elenden Richards wusste. Philipp hätte den Kontakt zu ihm viel eher beenden müssen. Zudem war aber auch nicht zu leugnen, dass der Verlust eines solch prestigeträchtigen Auftrags wie der von Pirelli ein ebenso handfestes Mordmotiv für die Polizei darstellen musste. Auch wenn die Konzernleitung den wahren Grund für ihre Absage geheim gehalten hatte. Sophie Schwarz war keinesfalls dumm. Mit Sicherheit konnte sie eins und eins zusammenzählen.

Gleichsam stand für ihn jedoch außer Zweifel, dass Paola Philipp immer geliebt hatte. Mit all seinen Fehlern. Zugegebenermaßen auf eine in den letzten Jahren zunehmend zwanghafte und nicht zuletzt selbstzerstörerische Art und Weise. Aber wie hieß es in der Bibel:

›Die Liebe erträgt alles, sie glaubt alles, sie hofft alles, sie duldet alles. Die Liebe hört niemals auf.‹

Der Gedanke gefiel ihm.

MANOLO BLAHNIK

Überraschung!

Du hast doch Schuhgröße 7?

Erik

Ach übrigens … you can leave your shoes on …

Finanzamt Wien 1/23
Team 8/ Gruppe 4b

Frau
Mag. Elisabeth Weitzman
Habsburgergasse 9/11
1010 Wien

Wien, am 11. 7. 2008

Betreff: Logopäden-Lippenstift-Absetzbetrag

Sehr geehrte Frau Mag. Weitzman,

Ihren Vorschlag aus aktuellem Anlass des 125 Jahrjubiläums des Lippenstiftes eine spezielle Logopäden-Lippenstift-Absatzregelung einzuführen, habe ich auf Ihren Wunsch hin an den Herrn Bundesminister für Finanzen weitergeleitet.

Anbei erhalten Sie Ihren Zeitungsausschnitt zurück.

Mit freundlichen Grüßen

Maria Molart
Finanzbeamtin

Beilage: 1 Zeitungsartikel der Zeitschrift Woman 7/2008: ›125-Jahre-Lippenstift‹

Elisabeth Weitzman
Habsburgergasse 9/11
1010 Wien

Hallo Maus,

anbei die Visitenkarte von Frau Bangler. Du weißt, Geburtsvorbereitung ist wichtig und sie ist die einzige Hebamme mit homöopathischer, stillberaterischer und phytotherapeutischer Ausbildung, also ruf sie bitte bald an.

Konntest du mittlerweile einen Termin beim Gynäkologen bekommen?

Ich finde ja, dass man das der Ärztekammer melden sollte – derart lange Wartezeiten, also wirklich!

Dicken Kuss und pass gut auf dich/EUCH auf!!!!

Mama & Papa

P.S: Besorg' dir Stützstrümpfe!

P.P.S: Und Eichenrindentee bewirkt wahre Wunder bei Schwangerschaftsobstipation!

P.P.P.S: Und üb' fleißig die Bhujangasana, du gehst doch noch zum Yoga?

17

Typisch Professor, denke ich, während Eriks etwas liebenswert-schüchterner Banknachbar aus Volksschulzeiten, der uns zur Hochzeit eine Art neurochemische Reaktionsformel der Liebe auf einem abgenudelten A4-Zettel geschenkt hat, die seither auf Eriks Wunsch – na wenigstens durfte ich den Rahmen dafür auswählen! – einen Ehrenplatz in unserem Wohnzimmer gefunden hat, etwas umständlich einen der sechs ramponierten Holzstühle in seinem kleinen muffigen Büro an der Technischen Universität für mich freimacht, in dem sich bestimmt tausend Seiten dicke wissenschaftliche Buchbände und Berge an losen, mit Formeln vollgekritzeltem Papier zwischen einem beachtlichen Sortiment gebrauchter Kaffeehäferl und zerknüllter Müsliriegelpapierln stapeln und auf welchem ich auch sofort dankbar Platz nehme, da mir meine nigelnagelneuen Schuhe ehrlich gesagt schon ziemlich weh tun.

Aber bitte verraten Sie das bloß nicht Erik!

Außerdem bin ich todmüde. 4 Uhr morgens ist eindeutig zu früh! Wenngleich Sophie nicht ganz unrecht damit hatte, dass es ein ergreifendes Erlebnis ist, erstmals einen Sonnenaufgang über dem Steffl zu erleben. Oder besser gesagt, erstmals einen Sonnenaufgang überhaupt. Aber auf ihr nervig-fröhliches ›Morgenstund hat Gold im Mund‹, während sie quietschvergnügt ihren Koffer für das Shooting in Bregenz fertigpackte und mir ein letztes Mal einzutrichtern versuchte, dass ich an Bord keinesfalls einen Monokini tragen durfte, weil dermaßen Last Season, hätte ich ganz gern verzichtet, als ich mir noch halb im Tiefschlaf einen Löwenzahntee aufbrühte, quasi als Bikini-Notprogramm und wegen dem mir, wie ich eben merke, noch immer ziemlich flau ist. Oder liegt es womöglich an diesem dummen Missverständnis? Also ehrlich gesagt liegt mir das auch wirklich im Magen. Ich meine, heute Morgen zum Beispiel hatte ich schon wieder einen von Mums Infobriefen in der Post und allein in der letzten halben Stunde hat sie mir drei SMS geschickt:

Fröhlicher Kinderflohmarkt
Mo 15.9., 10.00 Uhr, im Pfarrheim.
Merk dir den Termin schon mal vor.
Bussi Mama

Die Nummer der
Nabelschnur-Blutbank:
0800/0034001
Erholt euch gut!

Vergiss nicht auf deine
Schwangerschaftsvitamine!
Gute Fahrt!

Also, ehrlich gesagt, habe ich ja absolut gar keine Ahnung, wieso ich es überhaupt so weit habe kommen lassen. Warum ich die ganze Sache nicht sofort an Ort und Stelle aufgeklärt habe? Einfach gesagt habe, dass ich wohl etwas Falsches gegessen habe und …

Obwohl, wenn ich mir das recht überlege. Ich hatte ja überhaupt gar keine Gelegenheit dazu. Ja, eigentlich haben sie mich doch total damit überrumpelt, noch bevor ich überhaupt zu Wort gekommen bin. Genau, rein objektiv betrachtet, ist es eigentlich ihre Schuld.

Trotzdem, ich muss es ihnen unbedingt sagen. Und zwar bevor meine Mutter den Schlafplatz fürs Baby mit der Wünschelrute austesten lässt, oder meinem Gynäkologen die Ärztekammer auf den Hals hetzt. Also am besten sofort!

Na ja nicht sofort, sofort!

Aber sofort nachdem ich aus dem Urlaub zurück bin. Zuerst muss ich aber noch dringend die Sache hier mit Rainer erledigen.

Die Idee, ihn zu fragen, war mir gestern Abend in einer Art Geistesblitz gekommen. Als Sohn einer Ungarin beherrscht er die Sprache ja geradezu fließend und da er uns bereits dabei geholfen hat, die archivierten Zeitungsartikel der Népszabadság und Magyar Hírlap aus dem Winter 1998 zu übersetzen, er überdies eine kleine Schwäche für Sophie hegt, deren Name ihn übrigens noch heute im Nu erröten lässt, seit sie ihm vor einigen Jahren nach einer äußerst bedenklichen Menge Tequila ein geradezu unvergessliches Neujahr beschert hatte, schien er geradezu prädestiniert dafür, im Krankenhaus Erzsèbet anzurufen, in welchem diese Ildikó nach ihrem Selbstmordversuch behandelt worden war, um mit ihrem damaligen Arzt eine Art kurzes Patientengespräch unter Kollegen zu führen. Zugegeben, es war nicht gerade sehr wahrscheinlich, dass Prof. Balász Rainer die Story überhaupt abkaufen und über den Gesundheitszustand seiner Patientin sprechen würde, geschweige denn wir dahinter kamen, was sie tatsächlich mit Philipp Margold verband. Abgesehen von diesem Modeshooting für die Zeitschrift Wienerin, von dem mir ihre Agentur bei unserem Treffen so dermaßen stolz berichtet hatte, aber es schien mir den Versuch dennoch wert. Rainer war nämlich nicht nur sprachlich äußerst gewandt, er verfügte zudem über den dazu notwendigen Forscherinstinkt, schließlich war das sein Beruf und ich wusste, dass ich mich auf seine Verschwiegenheit absolut verlassen konnte. Geheimnisse waren bei ihm mindestens ebenso sicher, wie die Kronjuwelen der

Queen im Tower von London. Seit ich ihn kenne, hat er mir kein Sterbenswörtchen verraten, weder von Eriks Plan, mir in Kapstadt einen Antrag zu machen, noch von Celine. Wenngleich ich festhalten muss, dass Letzteres auch total überflüssig war, weil ich nämlich sowieso von ihr wusste. Eriks Eltern ließen ja auch so gut wie keine Möglichkeit aus, sie bei jedem ihrer zum Glück äußerst seltenen Besuche wenigstens tausendmal zu erwähnen. Dabei wäre das überhaupt nicht nötig gewesen. Ich wusste auch so, dass sie es zutiefst bedauerten, dass Erik ihre Traumschwiegertochter, die reiche Unternehmenserbin, die sensible Cellistin, die Marathon lief, sich für sozial Schwache engagierte und – die Wege des Herrn sind unergründlich – im Körper von Claudia Schiffer steckte, für mich, die kleine Sprachtante aus Hintertupfing, hatte sitzen lassen. Dabei hatte er das gar nicht. Sie hatte ihn verlassen, wegen irgend so einem alternden Harvardprofessor, an dessen Forschungsprojekt sie mitgearbeitet hatte.

Egal! Schließlich gab es hier und heute Wichtigeres zu tun, als sich darüber zu ärgern. Etwa Rainer möglichst schnell von meinem Plan zu überzeugen, bevor ich heimdüsen und ein traumhaft-luxuriöses Wochenende mit Erik beginnen konnte. Und nach einigen halbherzigen Versuchen in der Art: ›Das meinst du jetzt aber nicht im Ernst, Elli‹, und: ›Denkst du wirklich, dass wir Sophie damit helfen?‹, ließ sich Herr Professor schlussendlich auch wirklich dazu breitschlagen, die Nummer, die ich aus einem Budapester Krankenanstaltenjournal recherchiert hatte, in sein abgegriffenes Telefon zu tippen. Nicht ehe er zuvor vorsorglich die Tür zu seinem Büro verschlossen und ein Schild mit einer seltsamen Formel, die wohl soviel wie ›Bitte nicht stören‹ bedeutete, über den Türgriff gehängt hatte. Er war schon wirklich manchmal ein wenig seltsam.

»Was hat er gesagt?«, kann ich es kaum erwarten, als Rainer kurz darauf nachdenklich den Hörer zurück auf die Gabel legt. Er räuspert sich. Seinem blassen Gesichtsausdruck nach zu schließen, hat ihm das Gespräch wohl ziemlich zugesetzt.

»Sie litt an einer posttraumatischen Belastungsstörung infolge schweren sexuellen Missbrauchs«, sagt er schließlich, nimmt seine Brille ab und ich merke, wie sich sogleich jede Zelle meines Körpers anspannt, während Rainer konzentriert mit dem Zipfel seines bunten Strickpullovers an einem Brillenglas reibt.

»Kennt man den Täter?«

Rainer schüttelt den Kopf. Dann rückt er seine Brille zurecht. »Anscheinend hat sie sich geweigert, den Namen preiszugeben«, flüstert er. Ich nicke enttäuscht und er liest weiter von seinem Notizblock ab: »Man fand sie in ihrer Wohnung mit einer Überdosis an Beruhigungsmitteln. Die Pulsadern hatte sie sich mit einer Rasierklinge aufgeschnitten.«

Die Narbe, schießt es mir durch den Kopf, während Rainer weiterspricht und ich zucke augenblicklich erschrocken zusammen, als mein Blick auf die Wanduhr fällt.

Oh mein Gott! Ich komme zu spät! Erik wird mich erwürgen.

Sieben Stunden später habe ich die aufregenden News beinahe vergessen, als ich eben zufrieden dabei bin, mein Outfit im spiegelglänzenden Lack von Eriks Wagen zu begutachten – ein Paar goldene Römersandalen von Prada (Sommerschlussverkauf zum sagenhaft-wahnsinnigen Preis von 99 Euro), ein dazu passender, im exakt gleichen Goldton gehaltener Bikini von Dolce und ein zugegebenermaßen etwas enges, aber total entzückendes weißes Leinenkleid von Ralph Lauren (Leihgabe von Sophie) –, während mein Süßer mit ratlosem Blick unser Gepäck aus dem Kofferraum hievt. Wir sind gerade eben in dem süßen, kleinen Fischerdorf hier angekommen, die Sonne ist kurz davor, im Meer zu versinken und es riecht herrlich nach gegrilltem Fisch und frischen Gewürzen aus dieser winzigen ›Konoba‹. Das ist Kroatisch und bedeutet Restaurant. Das habe ich aus diesem tollen Reiseführer, mit den schönen bunt-glänzenden Seiten und den vielen tollen Fotos von den ganzen leckeren landestypischen Speisen.

Na, jedenfalls würde ich mich ja am liebsten

gleich mit Erik in diesen entzückenden, mit wildem Wein umrankten Gastgarten hier setzen und ein herrlich romantisches Abendessen genießen. Aber auf uns wartet noch etwas viel Besseres! Ehrlich gesagt, kann ich es ja noch immer kaum glauben. Ich meine, ich, Elli Weitzman, zu Gast auf einer spektakulär-traumhaft-superluxuriösen Yacht! Zugegeben, es ist Murter und nicht Monaco. Aber es liegt am Mittelmeer. Und fängt mit M an. Also wen interessieren da schon die Details?

Für meinen ersten Segeltörn durch die Kornaten, eines der schönsten und schwierigsten Reviere der Welt – das weiß ich auch aus meinem Reiseführer –, habe ich mich mit Sophies Hilfe richtig professionell vorbereitet, denn Boote kenne ich ja eigentlich nur vom Neusiedler See und da handelte es sich bisher unter uns gesagt mehr um Tretboote als um Segelyachten. Also haben wir systematisch jede Vogue, Elle, InStyle, Glamour und Cosmo der vergangenen Jahre, die sich im Wartezimmer meiner Ordination stapeln und welche – was ich ja noch immer kaum glauben kann – tatsächlich von der Steuer absetzbar sind, auf Celebrity-Segeloutfits gescannt und darauf aufbauend, habe ich dann gemeinsam mit Sophies Expertenwissen (schließlich war sie schon Partygast auf Flavios und Cavallis Yachten an der Côte d'Azur) meine ganz eigene, täglich wechselnde und auf diverse Ereignisse wie Frühstück an Deck, Sundowner an der Bar, Kurzbesuch auf der Yacht von Caroline von Monaco – ich finde, man sollte im Leben für jede Eventualität gerüstet sein – abgestimmte Cruising Collection zusammengestellt und ich kann's echt kaum erwarten, die ganzen Teile endlich anzuziehen.

»Sag mal, was hast du denn da alles eingepackt?« Eriks Stimme klingt genervt, als er meinen Koffer am Steg abstellt.

»Was man halt so braucht, wenn man drei Tage auf dem offenen Meer zubringt!«, verkünde ich unbeschwert und begutachte freudestrahlend meine neueste Errungenschaft.

Okay, ich geb's ja zu. Er war nicht ganz billig. Aber dafür hält er bestimmt ewig.

Ich meine, wir reden hier schließlich von Louis Vuitton, und das Design ist dermaßen zeitlos und hip. Also ich bin mir sicher, dass ich keinen anderen Koffer mehr haben möchte.

Zugegeben, ich kann in diesem Leben auch keinen anderen mehr haben – es sei denn, ich gewinne im Lotto –, aber er war die Anschaffung dennoch wert. Ich meine, haben sie diese entzückende Buchstabenprägung gesehen? Und erst das Design! Davon abgesehen, hab' ich ihn zum halben Preis bekommen. Sie wissen schon, weil ich ihn doch von der Steuer absetzen kann.

Nein, daran besteht echt kein Zweifel.

Ich weiß das aus diesem tollen Buch ›1000 ganz legale Steuertricks‹. Da stehen jede Menge superinteressanter Sachen drinnen, z.B. wie man Unmengen an Steuergeldern sparen kann, indem man intelligent investiert und Sonderausgaben tätigt. Na und wenn das mal keine intelligent investierte Sonderausgabe war, dann heiße ich aber Karlheinz Grasser. Oder heißt der jetzt etwa Swarowski?

»Wie heißt denn unser Schiff?«, frage ich, nachdem Erik unser Gepäck auf dem Steg abgestellt hat und gucke aufgeregt in Richtung Hafen, um zu erfahren, welche der vielen Yachten denn nun eigentlich unsere schwimmende Luxusbleibe für die nächsten Tage sein wird.

»Kristina«, erklärt Erik, steckt, wie ich aus den Augenwinkeln wahrnehme, verstohlen seinen Blackberry in die Tasche seiner marineblauen Segelshorts und ich frage mich eben, wie blöd man eigentlich sein muss, einer Luxusyacht einen solch ollen Namen zu geben, als ich sie entdecke. Und für einen kurzen Moment hört mein Herz zu schlagen auf. Dann nehme ich ungläubig meine goldene Ray-Ban-Brille ab, blinzle gegen die Sonne und versuche genauer hinzusehen.

»Wie? DAS soll sie sein?«

Ich werfe Erik einen ungläubigen Blick zu, zeige auf das weiße Minischiffernakel mit dem in blau glänzender Schrift aufgemaltem Namen, welches eingezwängt zwischen zwei spektakulären Traumyachten (die eine hat einen eigenen Helilandeplatz und einen Swimmingpool an Deck) unscheinbar im Hafen liegt, und bemerke einen geringen Anflug von Panik. Ich meine, könnte es tatsächlich sein, dass ich irgendetwas so Grundlegendes falsch verstanden habe, als Erik vor zwei Monaten mit der Spitzennachricht nach Hause kam, dass wir von seinem Kanzleipartner für ein Wochenende auf dessen Yacht geladen seien? Ich meine, das konnten doch keinesfalls 42 Fuß sein, oder etwa doch?

Nicht, dass ich mich mit Längenmaßen wirklich auskenne. Das ist wahrscheinlich auch der Grund, warum es mir nicht hilft, wenn man mir beim Einparken den hilfreichen Tipp gibt, dass ich exakt 10 cm zurückschieben kann, ehe ich das Nachbarauto touchiere oder die Durchschnittspenislänge 15 cm sein soll, was ich nebenbei erwähnt ja für ein bloßes Gerücht halte, aber unter dem Begriff Yacht hatte ich mir de-fi-ni-tiv etwas anderes vorgestellt. Sie wissen schon, so wie die Schiffe von Armani, P. Diddy, der Queen von England. Yachten die an der Südküste Frankreichs herumschipperten mit 400 Paparazzi im Schlepptau, heißen Sundownerpartys *an* und waghalsigen Sprüngen *von* Bord.

»Na Süße, wollen wir gehen?«, holt mich Erik auf den Boden, oder konkreter ausgedrückt, den Steg der Tatsachen zurück und beginnt, noch bevor ich mir die Antwort überlegen kann, unbeirrt damit, unser Gepäck den Steg entlang in Richtung Kristina zu tragen, während ich mich widerwillig meinem unausweichlichen Schicksal beuge.

Etwa zur selben Zeit war Richard Margold in einen leichten Schlummer gefallen. Kein erholsamer, tiefer Schlaf, viel eher ein kurzer Erschöpfungszustand, in dem sich die immer gleichen Bilder drängten – die manipulierte Bremsleitung, der über das Schmiergeld höchsterfreute Carabiniere, die letzte Begegnung mit Philipp, die Waffe …

8423 Kilometer Entfernung, die doch nicht ausreichten, um das Geschehene vergessen zu machen.

Genauso wenig, wie das viele Geld. Oder die jungen Mädchen, die er damit bezahlte.

Er hatte Angst. Das erste Mal in seinem Leben.

Nicht so sehr vor der Polizei, oder was danach kam.

Nein, sie betraf vielmehr das Jetzt.

Wie siegessicher war er gewesen, an jenem Nachmittag in Philipps Büro. Aber hier und heute verstand er, dass er in Wahrheit schon damals alles verloren hatte. Und zwar mehr als bloß das Vertrauen seines Sohnes.

Er wusste nicht, welches Geräusch ihn geweckt hatte, als er zu sich kam.

Benommen rappelte er sich auf und blickte sich orientierungslos um. Die Sonne, die noch immer unerlässlich vom Himmel brannte, und auch der Whiskey hatten ihm zugesetzt.

Eine ganze Weile saß er regungslos da, blickte still auf den ihm zu Füßen liegenden Chao Phraya und das gegenüberliegende Flussufer, ehe er ins kühle Innere seiner Suite trat.

Behutsam schloss er die Glastüren, zog die eleganten Vorhänge aus bernsteinfarbener Seide zu und ging hinüber zu dem schweren Schreibtisch aus dunklem Mahagoniholz. Aus dem obersten Mittelfach zog er eine kleine, blau-weiße Schachtel mit der Aufschrift ›Paroxet‹.

»Aber natürlich. Überhaupt kein Problem. Wohin soll ich Ihnen das Rezept für Ihren Sohn faxen?«

Geradezu lächerlich, dachte er, drückte alle noch übrigen Tabletten aus dem Blister, legte sie feinsäuberlich in einer Reihe auf und betrachtete sie eine Weile nachdenklich. Er wusste, dass vier Stück ausreichen sollten, aber er durfte sich keinen Fehler erlauben. Dafür stand zuviel auf dem Spiel. Mehr als je zuvor.

Es war gegen 17 Uhr, als er seine Vorbereitungen abgeschlossen hatte und sich ein großes Glas Whiskey eingoss. Zur etwa selben Zeit fand man sich im Schriftsteller-Flügel – ein nach solch berühmten Gästen wie Joseph Conrad, Graham Greene und Somerset Maugham benannter Teil des Hotels – zum Nachmittagstee ein. Und während die feine Gesellschaft da unbekümmert ihren frisch aufgebrühten Sencha mit Sandwiches und allerlei süßen Verlockungen genoss, ging im ersten Stock des altehrwürdigen Hauses bereits etwas vor sich, das schon morgen der distinguierten Klientel genügend Gesprächsstoff für den Rest ihres Aufenthalts bieten sollte.

18

Jeder Schuh sagt mir etwas, erinnert mich an Menschen, Orte und Situationen.
Manolo Blahnik

»Ich komme«, rufe ich am nächsten Tag in Richtung Deck, wo die anderen bereits auf mich warten, während ich ein letztes Mal versuche, mich in meine superengen, türkisfarbenen Bermudashorts zu zwängen. Das muss doch irgendwie …

Na, also!

Habe ich's mir doch gleich gedacht, dass ich bestimmt schon wahnsinnig abgespeckt habe hier an Bord. Ich meine, unter uns gesagt, habe ich früher immer lachen müssen, wenn Erik von SegelSPORT sprach. Weil ich meine, seien wir doch mal ehrlich, so eine Yacht fährt ja praktisch von allein, ein bisschen am Steuerrad drehen, nebenbei einen Cocktail schlürfen und hin und wieder mal schauen, ob auch kein Öltanker direkt auf das Boot zusteuert. So dachte ich zumindest bis heute.

Aber ehrlich gesagt, ist Segeln ja das reinste Workout.

Auf unserem Boot zum Beispiel, da gibt es vier Winchen. – Ja, da staunen Sie, was? Das ist Seemannssprache. Das sind so Kurbeln mit denen man die Segelseile auf- und abwickelt. Bitte fragen Sie mich bloß nicht warum man das macht, denn bisher bin ich noch nicht wirklich dahinter gekommen, aber es scheint wohl irgendwie wichtig zu sein. – Na jedenfalls muss man ständig irgendwo kurbeln und das ist ganz schön anstrengend. Wenn man nicht schnell genug ist, dann werden plötzlich alle furchtbar nervös und fuchteln wie irre in der Gegend herum. Oder sie reißen einem das ganze Ding gleich ohne Vorwarnung aus der Hand.

Ach ja! Und dann liegen auf dem ganzen Boot so komische Seile herum, die sind für die Segel. Und die verknoten sich ganz gerne mal und dann muss man wie wild herumrennen und die Knoten suchen und diese dann lösen. Aber immer nur die unbeabsichtigten Knoten. Das habe ich auch schon gelernt. Es gibt nämlich auch welche, die darf man ›unter gar keinen Umständen jemals aufmachen.‹ Aber fragen Sie mich bitte nicht weshalb.

Auf alle Fälle freue ich mich echt riesig, dass wir jetzt hier sind. Die Umgebung erinnert zwar ein wenig an eine Mondlandschaft, aber ich habe mir sagen lassen, dass das ja gerade das Besondere an den Kornaten ist, und das Meer ist herrlich klar. Man sieht alle möglichen Fische herumschwimmen und wenn man genau hinschaut, kann man sogar den Anker am Meeresboden liegen sehen, wie ich heute Nachmittag bemerkt habe, als ich kurz von meiner Vogue aufblickte – ich meine natürlich von meinem Steuerbuch. Ist das nicht unglaublich? Und dabei beträgt die Meerestiefe an der Ankerstelle 15 Meter, wie mir Erik oder sollte ich Captain Sparrow sagen, erklärt hat.

Na jedenfalls werden meine Füße heute erstmals nach ganzen drei Tagen an Bord wieder festen Boden betreten – was hoffentlich auch meinen Magen wieder versöhnlich stimmt. Wir werden nämlich an Land fahren und in diesem schnuckeligen kleinen Fischrestaurant, das ich eben mit dem Fernglas näher inspiziert habe, zu Abend essen. Und das Beste daran ist, dass ich endlich mal eines meiner Outfits so richtig ausführen kann. Hier an Bord waren die meisten davon nämlich nicht so wirklich zu gebrauchen – bis auf meinen Bikini jedenfalls.

Aber in diesem Restaurant, da könnten sich schließlich alle möglichen Promis tummeln.

Inkognito versteht sich.

Also vor zwei Tagen zum Beispiel, da lagen wir in einer traumhaften Bucht neben so einer Schickimicki-Yacht aus San Marino und mitten in Haralds überflüssig-langweiligem Vortrag zur Bedienung der Bordtoilette – ich meine wirklich, ›Hebel nach links, dann Pumpen und danach wieder pumpen‹, das kann doch wohl nicht so schwer sein, oder? –, erkenne ich ihn. Aus dem Augenwinkel. Wie er auf seinem Jet-Ski an Land düst.

GEORGE CLOONEY.

Ist das nicht der Wahnsinn! Ich hoffe echt, die Bilder sind was geworden.

Jedenfalls freue ich mich nun echt schon superwahnsinnigriesig auf unseren ersten Landgang.

Also nicht, dass ich ungern an Bord wäre oder so. Ganz im Gegenteil!

Mittlerweile bin ich mir sogar ziemlich sicher, dass ich ein sehr ausgeprägtes Seefahrer-Gen in mir trage. Keine Ahnung wer mir das vererbt hat, aber inzwischen bin ich mir total sicher, dass es mir bestimmt überhaupt nichts ausmachen würde, mal mehrere Wochen einfach nur so durch die Gegend zu schippern. Gewissermaßen allein im Kampf mit den Naturgewalten.

Ich könnte mir sogar vorstellen, dass ich eine dieser wahnsinnig taffen Einhandseglerinnen werde, die ganz allein in Rekordzeit einmal die Welt umrunden. Und wenn ich dann im Hafen in Emden ankommen würde – das weiß ich aus Eriks Segelzeitschrift, ich sag's ja, meine Segelgene, oder hätte ich sonst wohl diese todlangweilige Zeitung durchgeblättert? Ich meine, es gibt noch nicht mal eine einzige Parfumwerbung darin –, na dann würden bestimmt schon eine Million internationaler Kamerateams, Reporter und Fotografen aus aller Welt auf mich warten.

»Die junge Frau und das Meer«, würde die ›Yacht‹ titeln, und vielleicht würde mich ja sogar

Kerner in seine Talkshow einladen, oder Harald Schmidt? Was ich da wohl anziehe?

Na bitte, dann würde Harald aber mal blöd schauen. Von wegen Landratte!

Es ist mir ja ehrlich gesagt total schleierhaft, wie er überhaupt darauf kommt. Er findet das wohl irgendwie komisch, also lasse ich ihm eben die Freude. Ich meine, immerhin ist er Eriks Boss und dank ihm bin ich in Besitz eines exklusiven Paparazzibildes eines Hollywoodstars, also soll er seinen Spaß ruhig noch weiter haben. Mir doch egal.

Hauptsache er lässt mich nicht wieder diese lästigen Fender, das sind so komische längliche Bojen, erst alle mühsam von der Reling losmachen und in den Motorraum schleppen, nur damit ich sie einige Stunden später allesamt wieder rausholen und erneut daran festmachen muss. Noch dazu mit einem eigens dafür festgelegten superkomplizierten Knoten, den ich mir aber auch partout nicht merken kann. Ich meine, wozu nicht einfach eine nette Masche binden? Wäre zudem doch auch viel dekorativer, oder? Aber jetzt raten Sie mal, wie Captain Blaubär reagiert hat, als ich ihm meinen Vorschlag unterbreitet habe?

Na egal, heute kann mir nichts die Stimmung vermiesen. Erik hatte am Nachmittag so richtig lange Zeit für mich, weil wir durch den tollen Wind schneller als erwartet vorankamen. Somit war der ganze Segelkram früher erledigt und wir waren gemeinsam im Meer schwimmen, haben uns dann vorne im Bug aneinandergekuschelt und lange gequatscht. Ach, war das schön! Die Zeit hier an Bord tut ihm richtig gut. Ich kann mich kaum erinnern, wann ich ihn zuletzt so ausgelassen und entspannt gesehen habe, als mich – »Elli, wir warten!« – seine von Deck kommende Stimme aus meinen Gedanken reißt.

»Ich komme schon!«, rufe ich, werfe einen letzten Blick in den Spiegel und zische mit meinen Highheels in der Hand an Deck, wo Erik und Harald gerade unser Dinghy, das ist so ein kleines Schlauchboot mit Motor, mit dem man an Land fahren kann, an der Schiffsleiter festmachen.

Nachdem ich im Dinghy neben Haralds brasilianischer Ehefrau Ana Platz genommen habe, die in ihrem knielangen, mit aquamarinfarbenen Schmucksteinen bestickten, weißen Kaftankleid und der riesigen, dunklen Sonnenbrille wieder mal genial aussieht – Mann, ich hoffe echt, ich bin mit 50 auch so ein heißer Käfer wie sie –, gesellen sich Erik und Harald mit Taschenlampe und Paddeln bewaffnet zu uns ins Boot.

»Nur für den Notfall«, versichert Erik lächelnd, legt das ganze Zeug auf den Boden, macht unsere Leine los, setzt mit einer ruckartigen Bewegung den Motor in Gang und schon brausen wir übers Meer. Herrlich, das macht richtig Spaß, denke ich, als ich auf einmal ein ziemlich seltsames Geräusch vernehme. Es scheint von unserem Motor zu kommen. Schon wieder.

Und noch mal: »Boop« und auf einmal Stille, nichts rührt sich mehr.

Unser Boot treibt regungslos im Wasser. Na super! Was ist denn jetzt los?

Harald reißt seit einigen Minuten mit voller Wucht am Seil, aber es scheint, als hätte der Motor für immer seinen Geist aufgegeben.

»Na, dann werden wir wohl rudern müssen!«, verkündet er jetzt und drückt uns allen fröhlich ein Paddel in die Hand.

»Wie bitte?«, höre ich mich entsetzt fragen und sehe, wie mich drei erstaunte Augenpaare anblicken.

»Rudern«, antwortet Harald, als leide ich unter einer hochgradigen Form von Schwerhörigkeit und fügt aufmunternd hinzu: »Das ist höchstens eine Seemeile. Da sind wir in nullkommanix drüben.«

»Okay«, sage ich zustimmend und versuche dabei besonders locker zu klingen, »dann paddeln wir eben«, wenngleich mir schon ein wenig mulmig zumute ist. Aber mal ehrlich, eine Seemeile kann ja nun wirklich nicht so weit sein. Wie lange werden wir da wohl an Land brauchen – fünf Minuten oder so?

Eineinhalb Stunden später sind wir angekommen und haben unser Dinghy am Steg vor dem Restaurant festgemacht. Ich weiß! Aber Entfernungen sind am Meer nun mal wirklich schwierig abzuschätzen. Und außerdem hatten wir ziemlich starken Gegenwind.

Egal. Jetzt sind wir ja da und ich bin richtig gut aufgelegt. Nur die anderen sind alle etwas mies drauf. Bestimmt haben sie einfach schon tierisch Hunger und sind müde vom Rudern. Dabei habe ich ihnen ja mehrmals angeboten, sie abzulösen. Aber irgendwie wollte mir niemand sein Paddel überlassen. Als hätten sie Angst, ich würde es ins Meer fallen lassen. Dabei hätte das doch wirklich jedem von uns passieren können. Aber ich will mal nicht allzu nachtragend sein. Hauptsache, wir sind jetzt da!

Die anderen sind schon vorgegangen und suchen uns einen netten Tisch, während ich hier am Steg sitze und gerade dabei bin, meine beinahe während Eriks Paddelrettungsversuch über Bord gegangenen Stilettos anzuziehen. Nach einem kurzen Moment der Bewunderung beginne ich langsam, ihre entzückenden Riemchen um meine Fesseln das Bein entlang nach oben zu wickeln. Ich achte darauf, sie fest um das Bein zu zurren, damit sie sich beim Gehen nicht verselbständigen und zum Knöchel runterrutschen, als es plötzlich »Klick« macht und ich höre, wie mein Vater sagt: »Die Drosselmarke lässt auf ein Strangwerkzeug schließen, das in etwa 4–5 mm dick war.«

Ich schlucke. Exakt 5 mm! Die Riemchen meines Manolos Donyale.

Aus der Sommerkollektion 2002 von Manolo Blahnik.

Wieso bin ich denn da nicht gleich draufgekommen? Die perfekte Mordwaffe!

Moment mal!

Auf einmal wird mir ganz heiß und ein Kloß steckt in meinem Hals.

Sophie besitzt das gleiche Paar Manolos.

Das haar-ge-nau glei-che.

Wir haben es auf unserem ersten Trip in den Big Apple gekauft, im Laden von Manolo Blahnik, auf der 31 West 54st Straße. Und sie hat es in der Mordnacht getragen.

Das weiß ich mit Sicherheit.

19

Ich bin noch immer komplett fertig wegen Sophie. Ich habe gesagt, ich sei einfach nur ein wenig erschöpft vom Tag, als ich an den bereits mit herrlich duftendem Fisch, leckeren Cevapcici, gegrilltem Octopus und allerhand Beilagen übervollen Tisch gekommen bin, und plötzlich alle meinten, ich sehe ja so blass aus und ob denn auch alles in Ordnung sei.

Harald und Ana haben dann ihren Smalltalk über Immobilieninvestments fortgesetzt, doch Erik hat mich ein paar Mal wirklich besorgt angesehen und gefragt, ob es mir auch wirklich gut ginge und ich vielleicht lieber wieder an Bord zurück möchte. Am liebsten hätte ich mich ihm ja sofort an den Hals geworfen und laut schluchzend alles erzählt. Aber ich meine, man muss ja nicht gerade Jura studiert haben, um zu wissen, dass Sophie in ernste Schwierigkeiten kommt, sollte die Polizei davon Wind kriegen, dass ihre Killerheels Philipp Margold ins Jenseits befördert haben könnten. Und Erik? Der ist ja so furchtbar schrecklich überkorrekt, aufrichtig und ehrlich, der hätte die Polizei doch schneller darüber informiert, als ich überhaupt Manolos sagen könnte. Ich meine, er käme niemals auch nur auf den Gedanken, einen Film auf kino.to zu gucken oder gar für fünf Minuten auf dem Behindertenparkplatz anzuhalten, um eine Zeitung zu kaufen. Und niemals, niemals werde ich unseren letzten Urlaubstag in Kuala Lumpur vergessen, als ich mir am chinesischen Markt diese genial-gefakte Guccitasche zum Wahnsinnspreis von 20 Euro kaufen wollte. Ich war so dermaßen überglücklich, als ich sie ihm voller Begeisterung an meinem braungebrannten Unterarm präsentiert habe. Und was macht er? Verbietet mir doch allen Ernstes, dass ich sie kaufe oder gar mit nach Hause nehme. Können Sie sich das vorstellen? Das wäre Markenpiraterie oder so was Ähnliches. Er als Anwalt könne so was keinesfalls unterstützen, müsse das dem österreichischen Zoll melden und wohl unsere ganze Beziehung noch mal neu überdenken … bla bla bla … Nun, das war das erste Mal, dass ich mir ehrlich gedacht habe, ich hätte wohl lieber mal das Kleingedruckte lesen sollen, bevor ich Mr. Law & Order geheiratet habe.

Also ich kann es ihm KEINESFALLS erzählen! So schiebe ich mir ein Stück gegrillten Schwertfisch auf die Gabel und bin nicht sicher, was ich von der ganzen Sache halten soll, während in meinem Kopf weiter ein Tornado wütet. Ich meine, könnte Sophie tatsächlich Philipp ermordet haben?

Nein, bestimmt nicht!

Ich meine okay, es war schon etwas komisch, dass sie einfach so aus dem Hotelzimmer abgehauen ist, ohne die Polizei zu informieren. Und ich weiß, obwohl sie es immer abgestritten hat, dass sie damals am Skikurs in der Oberstufe dieser doofen Susi eine Überdosis Abführmittel in ihren Café Latte geschüttet hat.

Ich habe die Flasche mit der Aufschrift ›Dulcolaxantan‹ in ihrem Rimowa-Koffer beim Auspacken gesehen, direkt neben ihrem LV-Beautybag, worum ich sie so beneidet habe.

Aber diese Susi ist ja nun mal eine unbestreitbar blöde Ziege und ein klitzekleinwenig negatives Potential steckt doch irgendwie in jedem von uns, oder etwa nicht? So was kann doch nicht gleich als Beweis für eine heimtückische Mörderkarriere interpretiert werden? Nein, gewiss nicht. Es gibt bestimmt eine ganz harmlose Erklärung dafür. Bestimmt wird sich diese ganze Sache furchtbar schnell in Wohlgefallen auflösen, wenn ich erst mal wieder zu Hause bin und mit Sophie darüber gesprochen habe und bis dahin genieße ich die letzten Stunden unseres Urlaubs. Basta!

»Also, das Beste an dem ganzen Deal war das französische Essen. Die Huîtres in St. Germain des Près waren die Besten, die ich je bekommen habe«, schwärmt Harald gerade, nachdem ich mich erfolgreich dazu zwingen konnte, mich wieder auf das Tischgespräch zu konzentrieren. »Magnifique!«, lobt er, formt mit Daumen und Zeigefinger ein kleines O und ich muss unwillkürlich an diese Frischkäsewerbung denken, während Erik mit dem Kopf nickend sagt:

»Ja, da kann ich dir nur zustimmen«, zu seinem Weinglas greift und mir aufmunternd zulächelt, während ich ein möglichst begeistertes

»Oh ja!« versuche, obwohl ich eigentlich Austern nicht unbedingt so gerne mag.

Also ehrlich gesagt finde ich sie sogar ziemlich eklig, so zäh und wabbelig. Aber irgendwie hab' ich es einfach nicht übers Herz gebracht, Erik das zu sagen. Schon gar nicht, nachdem er mir kurz zuvor am Eiffelturm dieses umwerfend schöne Geburtstagsgeschenk völlig überraschend an den Finger gesteckt hatte.

Na gut, vielleicht war es nicht völlig überraschend.

Vielleicht habe ich ein- oder zweimal in seiner Gegenwart erwähnt, dass ich den Ring ganz schön finde. Und ja, kann sein, dass ich meine Ringgröße ganz zufällig auf eine Bulgari-Visitenkarte geschrieben habe. Aber wie dem auch sei! Als wir wieder festen Pariser Boden unter den Füßen hatten, war da dieses Bistro, das mir äußerst einladend schien, sofern man den Rest seines Urlaubs im Bett mit einer fiesen Fischvergiftung zubringen wollte, aber Erik war dermaßen begeistert davon, dass ich meine Bedenken gegenüber einem ganzen Dutzend Schalentieren mit zwei Flaschen französischem Champagner hinunterspülte und auf das Beste hoffte.

Harald ist derweil mit glühender Begeisterung von seinem Bericht über französische Gourmettempel zu erfolgreichen M&A-Deals, die daran beteiligten Anwaltskollegen und deren gefinkeltes Vorgehen übergegangen. Und obwohl er sich wirklich Mühe gibt, die Geschichte mit geschickten Pausen, theatralischen Gesten und allerlei stimmlichem Einsatz in einen Patterson-Thriller zu verwandeln, folge ich dem Gespräch in etwa mit derselben Aufmerksamkeit wie den Börsenkursen in den Nachrichten, während Erik in wortloser Spannung seiner Darbietung lauscht.

»In dem EMEA-Deal, kurz vor der Unterzeichnung, als alles zu scheitern drohte«, sagt er jetzt und stürzt einen Schluck Barolo hinunter, »da hatte er diese geniale Idee, einen Trust in Liechtenstein in die Transaktionsstruktur einzubeziehen. Und die Aktienmehrheit von Mellers …«

»… erfolgreich verschleiert«, beendet Erik kopfschüttelnd Haralds Ausführung. Obwohl ich kein Wort verstanden habe, glaube ich, dass Erik die ganze Sache nicht so toll findet. Denn er hat diesen Ausdruck im Gesicht, den er immer auflegt, wenn er dahinter kommt, dass etwas nicht mit rechten Dingen zugeht.

Harald scheint das allerdings nicht zu stören,

denn der stopft gewissenlos erfreut ein Stück Weißbrot in den Mund und fährt dann begeistert fort. »Der Deal hat uns allen einen fetten Bonus eingebracht. Olivier hat ein Angebot von Cravath bekommen. Du weißt schon, diese New Yorker Kanzlei, die im Moment mit der Übernahme von Yahoo durch Microsoft beauftragt ist.«

»Na dann hat er wohl international Karriere gemacht.« Eriks Tonfall schwankt zwischen zweifelhafter Anerkennung und absoluter Ablehnung, während Harald energisch mit dem Kopf schüttelt und ich beginne zum wiederholten Male damit, die Streifen auf Eriks Bermudashorts zu zählen.

»Aber kein Anwalt würde ein solches Angebot jemals ausschlagen«, sagt Erik erstaunt, greift nach meiner Hand und ich frage mich zunehmend, ob Ana sich wohl auch so langweilt?

Ihre Miene ist zwar kaum zu deuten, aber vielleicht kann ich sie ja in ein Gespräch über einen ihrer Promikunden verwickeln? Ana ist nämlich eine total angesagte Designerin. Die Interiors so einiger Hollywoodvillen und Parkavenue-Appartements stammen von ihr. Ich glaube, sie hat irgendwas erwähnt von Jennifer Anistons Strandhaus. Oder war es Johnny Depps Villa an der Cote d'Azur? Also da sollte ich doch unbedingt noch etwas nachhaken, denke ich, als Harald eben mit verächtlichem Unterton erklärt: »Er hat seine Karriere der LIEBE wegen aufgegeben.«

Hallo? Wie war das? Ich glaube, ich habe mich da eben verhört. Ein Mann, der seiner Frau die Karriere opfert?

»Das ist ja vielleicht romantisch!«, höre ich mich auf einmal rufen, klatsche begeistert in die Hände und bemerke, dass sich ein paar Köpfe am Nebentisch neugierig nach mir umdrehen.

»Na ja, VERRÜCKT scheint mir in diesem Zusammenhang wohl das geeignetere Adjektiv«, unterbricht Erik verständnislos meinen Jubel und ich lasse augenblicklich seine Hand los.

»Ach ja?«, pampe ich ihn etwas angesäuert an. »Heißt das, du würdest für mich nicht nach Wien ziehen?«

»Aber Elli, wir wohnen doch in Wien.«

»Ja, schon!«, unterbreche ich ihn ärgerlich. Ich meine, hat er noch nie was von einer hypothetischen Diskussion gehört?

»Aber was, wenn es nicht so wäre. Was wäre dann?« Ich verschränke selbstgerecht meine Arme und bemerke aus dem Augenwinkel Haralds und Anas etwas entgeisterte Gesichtszüge, während Erik ziemlich verständnislos dreinguckt.

»Was hältst du davon, wenn wir das im konkreten Fall besprechen würden?«, schlägt er nach einer kurzen Pause vor, und ich überlege angestrengt, was ich jetzt Kluges entgegnen könnte. Ich meine, das kann doch wirklich nicht sein …

Aber irgendwie fällt mir so adhoc nichts mehr

ein und so versuche ich eben abzulenken, indem ich noch mehr von Harald über diese romantische Geschichte zu erfahren versuche.

»Und wer ist diese bestimmt überglückliche Wienerin?«, erkundige ich mich mit betonter Begeisterung und Harald, der mich noch immer misstrauisch beäugt – ich glaube mittlerweile ist er sich seines Verdachtes sicher, dass ich eine ziemliche Irre bin –, schüttelt bedächtig den Kopf. »Olivier hat ein wahres Geheimnis um ihre Person gemacht. Es wurde gemunkelt, dass sie verheiratet sei und zudem überaus vermögend.«

»Bewohnten sie nicht eines dieser Penthäuser in der Goethegasse?«, schaltet sich nun Ana ein, die anscheinend auch aus ihrem Tischschläfchen erwacht ist. Harald nickt und ich möchte eben begeistert berichten, dass ich ja auch erst vor Kurzem mit Sophie in einem dieser Luxuslofts zu Gast war, als sich in meinem Kopf die Infos aneinanderreihen, Anwalt, Goethegasse 1, Olivier ... Moment mal! Und schon höre ich mich sagen: »Der heißt aber nicht zufällig Mathieu?«

»Doch.« Harald klingt überrascht. »Kennst du ihn etwa?«

20

High Heels sind nur für besondere Situationen.
Wer meint, sie seien alltagstauglich,
verletzt sich nur selbst.
Stuart Weitzman

Es war gegen 11 Uhr des nächsten Tages, als sich Ildikó Kourkowa neben ihrer Freundin Ella auf das Sofa aus dunklem Samt sinken ließ und ihren grauen Mantel abstreifte. Ihr schulterlanges Haar hatte sie zu einem Pferdezopf streng nach hinten gebunden, was ihre markanten Wangenknochen besonders hervortreten ließ.

»Wartest du schon lange?«, fragte sie und überflog die in grünem Lederimitat gebundene Getränkekarte.

Wie immer um diese Zeit herrschte im Pierrot ein ziemlicher Trubel. Da das Café in der Gegend der Universität lag, waren immer viele Studenten anzutreffen und die Nähe zum Königspalast, der Ungarischen Nationalgalerie und der Matthiaskirche ließ zudem zahlreiche Touristentrauben hier eine kurze Sightseeingpause einlegen, um die köstlichen und daher stadtbekannten Somlauer Nockerl zu probieren. Das Pierrot war allerdings auch für seinen guten Service berühmt und so war bereits ein weißbeschürzter Kellner an ihren Tisch gekommen, der die Bestellung, einen Verlängerten und einen Jack Daniels auf Eis, aufnahm.

Was Ella sogleich ein besorgtes »Whiskey um diese Uhrzeit? Es muss ja etwas Schlimmes passiert sein!«, entlockte.

Seit ihrer gemeinsamen Zeit im Erzsèbet kannte sie Ildikó. Wusste um ihre Situation und dass ihr Leben in den letzen Wochen wieder etwas aus den Fugen geraten war. Mit allen Mitteln hatte sie versucht, ihr die ganze Sache auszureden, aber nein, Ildikó hatte nichts davon hören wollen. Und nun ging es ihr von Tag zu Tag schlechter. Sie hatte wieder massiv an Gewicht verloren und ihre vor Aufregung zitternden Hände mit den trocken-gelblichen Hautveränderungen verrieten, dass sich ihre Bulimie wohl wieder verschlechtert haben musste, als sie in ihrer riesigen, braunen Ledertasche konzentriert nach etwas suchte, während der Kellner, der soeben an ihren Tisch gekommen war, mit dem Wort

»Tessék« eine dampfende Tasse Kaffee sowie ein bauchiges Glas vor ihnen abstellte.

»Hier!« Ildikó legte ein etwas zerknittertes Stück glänzendes Papier vor ihnen auf dem dunklen Holztisch ab.

Es war ein Ausschnitt aus einer Zeitung. Offensichtlich einer österreichischen. Ella konnte jedoch nicht entziffern, was der Inhalt zu bedeuten hatte, dafür waren ihre deutschen Schulwortschatzreste eindeutig zu schlecht, weshalb sie mit verständnislos gerunzelter Stirn auf Ildikós weitere Erklärung wartete, die eben nervös auf ein großes Bild am Zeitungsrand deutete.

»Sieh mal da! Das ist Sophie Schwarz. Das Model, das wegen Philipp Margolds Tod unter Mordverdacht steht«, erklärte sie, nahm hastig einen Schluck von ihrem Whiskey und zeigte kurz darauf auf die Person daneben, welche schützend ihren Arm um das Topmodel gelegt hatte und eine abwehrende Handbewegung, vermutlich gegenüber den Paparazzi, machte. »Hier. Das ist ihre Freundin.«

»Und weiter?« Ella verstand nicht worauf sie hinaus wollte.

»Diese Frau war vor ein paar Wochen in der Ordination.«

»Wie? Als Patientin?« Ihre Stimme klang überrascht.

Ildikó nickte, während sie aufgeregt einen weiteren Ausschnitt eines Hochglanzmagazins aus ihrer Tasche hervorzog. »Das war auf dem Vogue-Event!«, sie deutete auf eine Zeile unterhalb des Bildes: »Die reizende Logopädin Elisabeth Weitzman trug ein himbeersorbetfarbenes Seidenchiffonkleid aus der aktuellen Valentino-Kollektion.«

Ella begriff noch immer nicht, was Ildikó ihr damit verständlich machen wollte. »Was hat das denn zu bedeuten?«

»Was das zu bedeuten hat?« Ihre Stimme kippte vor Aufregung, als sie sich kopfschüttelnd eine blonde Haarsträhne aus dem Gesicht streifte. »Bestimmt hat sie mich gesehen. Und jetzt verdächtigt sie mich!«

»Aber weshalb? Ich meine, sie weiß doch von nichts?«

»Keine Ahnung.« Sie zuckte mit den Schultern, ehe sie konzentriert ins Leere starrte. Irgendwo tief in ihrem Inneren beschlich sie dieses leise Gefühl.

Eine zaghafte Ahnung, dass es tatsächlich möglich wäre, dass diese seltsame Patientin hinter ihr sorgsam gehütetes Geheimnis gekommen war. Dass sie davon wusste. Von der Vergewaltigung durch Philipp Margold. Nein, es war ihr wirklich nicht gut gegangen an jenem Nachmittag im Angstraum. Gar nicht gut. Die Begegnung mit ihm hatte die alten Wunden wieder aufgerissen. Sie hatte seither wieder äußerst depressive Phasen. Sein Tod hatte nichts von der Befreiung gebracht, die sie sich früher oft ausgemalt hatte, an jenen Tagen, an denen sie sich nichts mehr wünschte, als einzuschlafen und nie mehr aufwachen zu müssen.

Sie hatte diesen perfekten Plan. Und er hatte es ihr fest versprochen, das Geld für ihr lebenslanges Stillschweigen. Er wusste, dass er keine andere Wahl hatte.

Warum bloß war alles so schiefgegangen? Sie

könnte jetzt in Kalifornien sein. Ein sorgenloses Leben führen. Die Schauspielausbildung beginnen. Stattdessen musste sie nun herausfinden, was sie von ihr wollte und sie im Notfall zum Schweigen bringen, diese Elisabeth Weitzman.

Finanzamt Wien 1/23
Team 8/ Gruppe 4b

Frau
Mag. Elisabeth Weitzman
Habsburgergasse 9/11
1010 Wien

Wien, am 21. 7. 2008

Betreff: Reisetasche von Louis Vuitton

Sehr geehrte Frau Weitzman,

es freut mich zu hören, dass Sie sich, wie Sie schreiben, intensiv mit dem Steuerrecht auseinandergesetzt haben und Sie mich seither, wie Sie feststellen, um meinen ›wahnsinnig spannenden Beruf beneiden‹. Danke auch für Ihren Hinweis, dass sich im Paragrafen 235, Absatz 2, des Einkommensteuergesetzes ein schlimmer Rechtschreibfehler befindet.

Es ist richtig, dass Ausgaben für Gegenstände, die der Berufsausübung dienen, als Betriebsausgaben abzugsfähig sind. Ihre ›Cruiser Bag 45‹ aus dem Hause Louis Vuitton fällt jedoch nicht unter diese Regelung. Um ähnlichen Missverständnissen künftig vorzubeugen, finden Sie in der Beilage unser ›Informationsblatt Betriebsausgaben‹ beigefügt. Ihre Rechnung über 1.180 Euro finden Sie anbei.

Mit freundlichen Grüßen
Maria Molart
Finanzbeamtin

Beilage: 1 Rechnung, 1 Informationsblatt ›Betriebsausgaben‹

21

»Und du bist ganz sicher, dass Olivier nie eine Freundin erwähnt hat?«

Sophie, die neben mir am Boden sitzt und mir dabei zusieht, wie ich den Inhalt meines Reisekoffers in drei unterschiedliche Stöße nach Fein-, Bunt- und Weißwäsche ordne, schüttelt den Kopf.

»Klar bin ich sicher«, bestätigt sie, fischt mein buntes Missoni-Tuch aus dem Koffer, bindet es sich gekonnt ins Haar und sieht dabei so glücklich und zufrieden aus, dass man glatt glauben könnte, sie wäre frisch verliebt – was angesichts der Entwicklungen der letzten Tage auch keineswegs verwunderlich ist. Immerhin konnte sie mit Pierres Hilfe nicht nur den Großteil ihrer Werbeaufträge zurückgewinnen, für die Haute-Couture-Schauen in Paris war sie praktisch ausgebucht. Sie hatte eine Einladung in die Show von Ellen de Generes, Maybelline hatte die Vertragsverhandlungen wieder aufgenommen und es gab erste Hollywoodanfragen von Produzenten, die ihre Story verfilmen wollten.

Ihre juristische Situation hatte sich zwar nicht verbessert, aber auch nicht verschlechtert, da es keinerlei neue Informationen gab. Mal abgesehen von diesen überraschenden Neuigkeiten, die Erik und mich auf der Heimfahrt im Radio ereilt hatten.

Philipp Margolds Vater Richard war mit einer tödlichen Überdosis eines Beruhigungsmittels, übrigens das exakt gleiche, unaussprechliche Mittel, das bei der Obduktion auch in erhöhter Konzentration in Philipp Margolds Blut festgestellt werden konnte, in Bangkok aufgefunden worden. Es deutete alles auf einen Selbstmord hin und es stand mittlerweile fest, dass er die Bremsen am Unfallwagen seines Sohnes manipuliert hatte. Zudem war der Großteil des aus Philipp Margolds Safe verschwundenen Geldbetrags in seinem Hotelzimmer sichergestellt worden.

Unglaublich? Also im Vergleich zu diesem Exemplar von Vater muss man Eriks Patriarchenausgabe ja geradezu als liebevollen Superdad bezeichnen.

Na wie dem auch sei, der Verdacht gegen ihn im Mordfall seines Sohnes scheint trotz alledem zunehmend ins Wanken zu geraten, da Richard Margold zur Tatzeit anscheinend schon im Oriental eingecheckt hatte, was aber wohl noch ein weiteres Mal von der Polizei überprüft werden wird.

Vor etwa einer Stunde ist Sophie überraschend bei mir eingefallen. Wir haben gemeinsam eine Tasse White Magic von Mariage Frères getrunken und über ihr aktuelles Shooting für Wolford geplaudert. Ich habe von Kroatien erzählt, Sophie die Bilder auf meiner pinkfarbenen Casio gezeigt und bisher kein Sterbenswort von den Manolos erwähnt.

Ich weiß! Ich hätte sie einfach drauf ansprechen sollen. Sie ganz direkt fragen. Ich meine, bestimmt gibt es eine völlig logische Erklärung dafür. Gewiss handelt es sich bloß um einen ganz außerordentlich dummen Zufall. Aber, was wenn nicht? Was wenn …

Ojeojeojemine, ich darf gar nicht daran denken. Der bloße Gedanke lässt meinen Magen schon zusammenkrampfen.

»Sag' mal bist du krank?«, reißen mich da Sophies Worte aus meinen Befürchtungen.

»Wie?«

Sie sieht mich besorgt an.

»Na, du bist irgendwie ganz blass um die Nase. Und so still. Als würde dich irgendetwas ganz immens beschäftigen!«

»Ach wirklich?«

»Ja«, sagt sie und legt mir tröstend ihren tiffanybereiften, karamellgebräunten Arm auf die Schulter.

»He! Mir kannst du's doch erzählen«, meint sie aufmunternd und wirft mir einen Mutter-Teresa-Blick zu. »Es kann doch nicht so schlimm sein!«

»Na ja. Kommt drauf an«, stammle ich unsicher und denke darüber nach, wie schlimm sie es wohl finden würde, wenn ich sie jetzt einfach fragen würde, wie sie es sich erklärt, dass Philipp Margold mit einem 4mm dünnen Riemen erdrosselt wurde, der vermutlich Teil ihres in der Tatnacht getragenen Lieblingsstilettos ist.

»Jetzt sag schon!«

Na gut!

Ich atme tief ein, nehme all meinen Mut zusammen und beginne.

»Also, die Sache ist die …«

Sophie zieht gespannt ihre Augenbrauen in die Höhe: »Ja?«

»Als wir auf dem Schiff waren, in Kroatien, da habe ich entdeckt«, Mann ist das schwer!

»Also da habe ich entdeckt …« Komm schon Elli, du schaffst es. Sag's jetzt!

»Also, ich bin mir ziemlich sicher, dass …«

»Ich schwanger bin!«, höre ich mich zu meiner eigenen Überraschung sagen.

»Waaaaaaaas?« Sophie springt sogleich quietschend vom Boden, bevor sie händeklatschend wie Rumpelstilzchen um das Feuer hopst. »Wieso hast du das denn nicht gleich gesagt? Das sind ja Spitzennews. Fabelhaft! Weiß es Erik schon?«

»Erik? Ähm, nein!«

»Aber wieso nicht?« Sophie klingt misstrauisch, als sie mir wieder gegenüber am Boden sitzt.

Tja, wieso eigentlich nicht? Vielleicht, weil ich das eben so erfunden habe. Weil ich zu dämlich war, eine bessere Ausrede zu finden. Weil ich, als der liebe Gott die Flunkerfähigkeit verteilt hat, gerade damit beschäftigt war, meine Nägel zu lackieren?

»Weil ich erst sicher gehen wollte«, bringe ich zögerlich hervor.

»Klar! Versteh ich!«, fällt mir Sophie verständnisvoll ins Wort. »Hast du schon einen Termin?«

»Wie?«

»Na, beim Gynäkologen.«

»Nein«, erschrecke ich, krame nervös in meinem Koffer nach der Wäsche und antworte etwas zaghaft: »Aber das hat ja auch bestimmt noch lange Zeit.«

Sophie wirft mir für den Bruchteil einer Sekunde den gleichen verwirrten Blick zu wie damals, als sie in der ›In Touch‹ gelesen hatte, dass Angelina Jolie von Brad Pritt schwanger sei, bis sie schließlich kreischt: »Also das glaube ich jetzt aber nicht! Elli. Du misst jeden morgen deine Körpertemperatur, inklusive des Glucosespiegels im Harn, du warst wegen brüchiger Fingernägel und einem klitzekleinen Muttermal am Rücken in ärztlicher Behandlung und …«

»Hallo«, unterbreche ich sie. »Ich hatte den schlimmen Verdacht, Krebs zu haben!«

»Na gut. Und jetzt hast du den Verdacht, schwanger zu sein.«

»Ja, aber das ist doch keine schlimme Krankheit«, versuche ich Sophies Argumente abzuschwächen.

»Das vielleicht nicht«, sie spricht im Kommandoton, »aber das musst du doch wissen! Je früher du zum Arzt gehst, umso genauer kann der Geburtstermin des Babys festgestellt werden. Und du musst auf alle möglichen Krankheiten hin untersucht werden und Folsäuretabletten einnehmen. Das ist alles ganz furchtbar wichtig.«

»Ach so?«, stammle ich und frage mich, woher Sophie diesen ganzen Babykram eigentlich weiß.

»Ja«, beharrt sie und geht hinüber zum Sofa, wo das Telefon liegt. »Und deshalb wirst du jetzt auch deinen Arzt anrufen. SOFORT!« Sie drückt mir den Hörer in die Hand und schaut mich erwartungsvoll an.

Oh Mann! Wo habe ich mich da bloß hineinmanövriert? Ich sollte nun wirklich dringendst alles aufklären. Aber wie?

Ich könnte vielleicht einfach zu lachen anfangen und angeschmiert oder so was in der Art sagen. Ja, oder ich nehme einfach dieses Telefon, wähle die Nummer und im entscheidenden Moment lege ich ab und sage, dass besetzt ist. Genau. So mach ich's, denke ich und wähle eben konzentriert die Nummer, als auch schon »Praxis Professor Holmer!« am anderen Ende der Leitung erklingt.

Mist! Ich wollte doch ablegen. Was nun?

Sophie steht mir direkt gegenüber und macht mit ihren Händen eine aufmunternde Geste, als würde sie ein lahmes Rennpferd anfeuern.

»Ähm … Weitzman«, sage ich nach einer Schreckenssekunde. »Elli Weitzman. Ich bin Patientin bei Professor Holmer und ich würde gerne einen Termin für eine Untersuchung vereinbaren.«

»Vorsorgeuntersuchung oder etwas Spezielles?«, möchte die Stimme am anderen Ende der Leitung wissen.

»Vorsorgeuntersuchung«, plappere ich los und sehe wie Sophie kräftig den Kopf schüttelt.

Ach herrje!

Ich hüstle also kurz und sage dann »Ich bin nicht sicher, aber es besteht die Möglichkeit, dass nun ähm, dass ich schwanger bin.«

»Oh, wie schön!« Die Sprechstundenhilfe klingt erfreut. »Na, dann werde ich Erstuntersuchung eintragen. Haben Sie schon einen Test gemacht?«

»Nein«, antworte ich verlegen und muss mich hinsetzen.

»Verstehe. Wie wäre denn der kommende Dienstag?«

Dienstage waren seine Glückstage. Schon sein ganzes Leben lang. Vielleicht lag es daran, dass er an einem Dienstag geboren worden war. Vielleicht war es aber auch bloßer Zufall. Tonio Carbonare wusste es nicht, aber eines stand für ihn fest: Es war höchste Zeit, einen Anruf zu tätigen.

Und zwar einen wichtigen.

Einen Anruf, der mit einem Schlag das Warten auf Onkel Vitos Gunst überflüssig und ein sorglos-beschauliches Auskommen in Paraguay oder einem ähnlich tropischen Land, mit dem kein Auslieferungsabkommen gegenüber Italien bestand, möglich machen würde. Und er würde diesen Anruf nur an einem Dienstag tun.

Also hatte er gewartet. Lange gewartet. Und nun endlich war er da, der Augenblick, der ein zufriedenes Lächeln über sein ernstes Gesicht huschen ließ, sobald er die Nummer gewählt hatte.

Als sie abhob, hatte es zweimal geläutet.

»Ciao cara«, sagte er mit äußerst süffisantem Unterton. »Ich wollte es mir keinesfalls nehmen lassen, der trauernden Witwe mein aufrichtiges Beileid auszusprechen.«

Sie klang genervt.

»Antonio? Was willst du?«

»Was ich will?« Er lachte amüsiert. »Ich bin mir sicher, das weißt du, meine Liebe.«

Eine ganze Weile regte sich nichts, sie schien zu überlegen, was sie sagen sollte, ehe sie knapp erwiderte: »Ich habe keine Ahnung.«

»Ach so, die gnädige Frau hat keine Ahnung.«

Mittlerweile ärgerte er sich ein klein wenig über ihre Schmierenkomödie.

»Tja, dann werde ich dir wohl etwas auf die Sprünge helfen müssen. Es gibt einige überaus interessante Informationen, welche die Polizei bestimmt brennend interessieren dürften.«

»Ich sage es ja nur ungern, mia cara, nachdem uns eine solch fruchtbare und gewinnbringende Vergangenheit miteinander verbindet«, er lachte etwas überheblich, »aber es gibt äußerst interessante Fotos, die gnädige Frau am Tatort zeigen und«, er hielt kurz inne um die Spannung weiter zu steigern, »na, das weißt du ja ohnehin!«

Er wartete eine Weile. Dann fuhr er mit zunehmend scharfer Stimme fort.

»Zeit ist Geld. 72 Stunden. 1 Million für mein lebenslanges Schweigegelübde.«

Der Zorn hatte den Klang seiner Stimme verändert. »Um 15 Uhr im Stadtpark. Du kennst das Schubertdenkmal?«

Sie äußerte noch immer keinen Ton.

Und doch bestand für ihn kein Zweifel, dass ihm der Dienstag auch diesmal Glück bringen würde.

Gala-Fotoredaktion
Manuel Edelovsky
Schaarsteinweg 14
D-20459 Hamburg

Frau
Elisabeth Weitzman
Habsburgergasse 9/11
A-1010 Wien

Hamburg, am 11. 8. 2008

Sehr geehrte Frau Weitzman,

ich teile Ihnen mit, dass wir Ihr Publikationsangebot in Höhe von Euro 100.000.- ablehnen. Es handelt sich bei der abgelichteten Person am Jet-Ski zweifelsfrei nicht um George Clooney. Anbei erhalten Sie Ihre Fotos im Original zurück.

Mit freundlichen Grüßen
Manuel Edelovsky
Fotoredakteur

Finanzamt Wien 1/23
Team 8/ Gruppe 4b

Frau
Mag. Elisabeth Weitzman
Habsburgergasse 9/11
1010 Wien

Wien, 12. 8. 2008

Betreff: Privatspende zugunsten Louis Vuitton

Sehr geehrte Frau Mag. Weitzman,

in Ihrem letzten Schreiben geben Sie bekannt, dass Sie 1.180 Euro an das Pariser Traditionsunternehmen Louis Vuitton gespendet haben.

Ich muss Sie dringend darauf hinweisen, dass Privatspenden an Luxusartikelhersteller laut §124 Abs. 1 des Einkommensteuergesetzes keinesfalls als ›übrige Sonderausgabe‹ steuerlich anerkannt werden und somit der dringende Verdacht auf Steuerbetrug im Raume steht.

Zur Vorbeugung weiterer Missverständnisse lege ich Ihnen eine Informationsbroschüre mit der Bitte um Kenntnisnahme bei.

Mit freundlichen Grüßen
Maria Molart
Finanzbeamtin

Beilage: Privatspendennachweis Louis Vuitton, 1 Broschüre ›Sonderausgaben‹

22

Ich muss die ganze Geschichte nun echt dringend mal aufklären, denke ich, als ich am nächsten Morgen beim Demel in die mit üppig-kunstvoll-verzierten Cremetorten und allerlei sonstigen köstlichen Zuckerträumen gefüllte Vitrine starre. Ich meine, schließlich kann man eine Schwangerschaft nicht ewig vortäuschen. Also bevor ich beginne, mir Pölster in die Hosen zu stecken, muss ich echt Tacheles reden, und bevor Erik von der ganzen Sache Wind kriegt.

Heute Morgen konnte ich in letzter Minute dieses riesige mit Weizenkleie, Leinsamen, Feigen, Trockenpflaumen und Eichenrindentee befüllte Paket von Mum einschließlich dieses abschreckenden Zeitschriftenartikels zum Thema ›Kein Stress mit dem Stuhlgang während der Schwangerschaft‹ vor ihm verstecken. Und letzte Woche war er kurz davor, dieses Hebammeninformationsblatt zum Thema ›Tampons – auch wenn sich meine Vagina verändert hat‹ zu lesen, das Sophie ohne mein Wissen einige Tage zuvor an den Kühlschrank gepinnt hatte. In einer Stunde muss ich wieder zu diesem Yogakurs, wo ich jedes Mal ebenso enthusiastisch wie die anderen vorzugeben versuche, mein Baby im Becken zu schaukeln, was ehrlich gesagt schon allein herausfordernd genug wäre, von diesen elenden Fragenrunden zur Geburt mal ganz abgesehen – ich meine, keine Ahnung wie viele Punkte Baby im Apgar braucht? Oder was zum Teufel eigentlich Kolostrum sein soll? – und dann erst dieser Gynäkologentermin kommende Woche. Wenn ich bloß daran denke, würde ich am liebsten sofort auf und davon rennen.

»Haben gewählt?«, unterbricht die in schlichtem Schwarz gekleidete, spitzenbeschürzte Demelinerin in der für das Haus typischen Mischung aus Majestätsplural und kühler Distanz meine Gedanken. Ich überlege kurz, entscheide mich für ein lecker-sündhaftes Stück Malakofftorte, nehme den Bon mit der Nr. 2, den sie mir höflich entgegenstreckt und begebe mich die knarrende Holztreppe hinauf in den ersten Stock. Oben angekommen, lasse ich mich erschöpft auf meinen Lieblingsplatz in der hintersten Ecke des prunkvollen Innenstadtpalais am Kohlmarkt nieder – von dem aus ich schon Dita von Teese dabei beobachten konnte, wie sie genussvoll in ihren Faschingskrapfen biss, als sie Lugners Gast am Opernball war – und greife mir nachdenklich die Kaffeekarte.

Drei Tage sind mittlerweile vergangen. Und ich habe noch immer keinen blassen Schimmer, was es nun tatsächlich mit Sophies Manolos auf sich hat.

Ich habe die ganze Sache jetzt noch mal in Ruhe

betrachtet und dabei bin ich zu der Auffassung gelangt, dass mein Verdacht wohl ein wenig übereilt war. Ich meine, wie realistisch ist die Annahme, dass Sophies Füße als einzige an jenem Abend in Riemchenstilettos gesteckt haben? Und so über den Daumen gepeilt, wie viele Manolos werden da wohl in den diversesten Schuhschränken auf der ganzen großen weiten Welt herumstehen. Doch bestimmt mehrere hundert. Wenn nicht sogar tausend!

Es wäre also wirklich ziemlich kurzsichtig, Sophie deswegen zu verdächtigen. Ich meine, es käme ja wohl nahezu jedes weibliche Wesen infrage – sogar ich!

Also bin ich zu dem Schluss gekommen, dass die Konsequenz meiner Entdeckung nicht die sein kann, Sophie länger zu verdächtigen, sondern stattdessen alle Energie darauf zu verwenden, den wahren Täter, oder besser gesagt die Täterin zu finden. Und ich muss unbedingt dieses dumme Missverständnis aufklären. Schließlich glaubt neben meinen armen Eltern nun auch Sophie, dass ich schwanger bin, und gerade eben habe ich selbst doch allen Ernstes für einen klitzekleinen Moment einen ziemlichen Schrecken gekriegt, als ich überlegt habe, ob ich eine Melange oder einen Einspänner bestellen soll. Weil doch Koffein für das Ungeborene pures Gift ist. Ach ja, und gestern hatte ich schon die allerärgste Panik, mich womöglich mit

Zytomegalie bei diesem sabbernden Dyslaliekind angesteckt zu haben, bis mir wieder einfiel, dass ich ja überhaupt gar nicht schwanger bin.

»Was darf ich bringen?«

Das zarte Wesen vom Service, das gerade an meinen Tisch gekommen ist, lächelt mich freundlich an. »Einen Verlängerten«, bestelle ich und ihre Augen vergrößern sich sogleich, als ich »einen kleinen Braunen, einen Einspänner, eine Melange und einen Milchkaffee« hinzufüge. Ich meine, wer weiß schließlich, wie lange mir das sorglose Vergnügen dieses Genusses noch gegönnt sein wird? Erst gestern hat Erik irgendwie ganz komische Andeutungen gemacht. Von wegen ›Findest du nicht auch, dass wir mal tolle Eltern wären? So ein kleines Wesen lässt einen die Welt mit ganz neuen Augen entdecken. Du wärst bestimmt die hübscheste Schwangere die ich kenne‹, etc. Er ist richtig philosophisch geworden. Und für einen Moment lang war ich nicht sicher, ob er gleich ›reingelegt‹ sagen und in schallendes Gelächter ausbrechen wird.

Ich meine, weil Erik doch ›in den nächsten Jahren ganz bestimmt keine Kinder‹ will, weil nämlich ›im Moment seine Karriere im Fokus steht.‹ Das hat er zumindest vor knapp einem Jahr in diesem zweiseitigen Interview mit der *FAZ* verkündet.

Wörter wie Baby, Bäuerchen und Stillen treiben ihm normalerweise den blanken Angstschweiß auf die Stirn, von Wochenfluss und Windelwechseln mal ganz abgesehen. Ich wäre echt gespannt, wie er drauf reagieren würde, wenn ich ihn mal darüber in Kenntnis setzen würde, dass nach der Geburt erst mal für einige Wochen strikter ›Vaginal Rest‹ angesagt ist.

Nicht, dass Sie das jetzt falsch verstehen, ich habe damit absolut gar kein Problem!

Weil ich ja auch erstmal meine Karriere fokussieren will. Sie wissen schon!

Die Stimmbandknötchen meiner Patienten, meine Stilettosammlung …

»Ihren Bon bitte!«

Die Frau vom Service sieht mich etwas genervt an mit ihrem riesigen Silbertablett in der Hand, auf dem sich ein herrliches Stück karamellfarbener Schlagoberscremetorte und eine Unmenge weißer Porzellantassen, unterschiedlicher Milchkännchen, Wassergläser und Zuckerdosen stapeln.

»Entschuldigung, ich war ganz in Gedanken«, versuche ich zu erklären, reiche ihr schnell meine Tortennummer und sie beginnt der Reihe nach all die duftenden Köstlichkeiten vor mir abzustellen.

Kurz darauf ist sie wieder in der Küche verschwunden und ich blicke, genussvoll an meiner Melange nippend, aus dem hohen Doppelfenster auf das geschäftige Treiben am Kohlmarkt hinunter. Männer in teuren Anzügen eilen mit starrem Blick in Richtung Graben hinweg, ein Fiaker klappert mit einigen Touristen bestückt das Kopfsteinpflaster entlang, aufgebrezelte Luxusladys flanieren mit glänzenden Einkaufstüten bepackt zwischen den Designerläden, und auf einmal, wie aus dem Nichts, steht sie vor mir:

Meine Mum.

Und sie sieht gar nicht gut aus.

Sie hat die Arme verschränkt und starrt mit vorwurfsvollem Blick auf meinen Tisch.

»Hi! Was machst du denn hier?«, stammle ich nach einer Schreckenssekunde und versuche dabei möglichst locker-flockig zu klingen, während sie noch immer ohne Unterbrechung auf das sich stapelnde Kaffeesortiment auf meinem Tisch starrt.

»Das fragst du mich?«

Ihre Stimme erinnert an eine Alraune aus Harry Potter und ihre Wangen glühen dermaßen, dass ich ernsthaft befürchte, sie könnte jeden Moment umkippen.

Mist! Was mache ich denn jetzt bloß? Ich kann ihr doch nicht jetzt, ich meine hier, vor all den Leuten?

Nein, es hat keinen Zweck. Ich muss ihr die Wahrheit sagen. Und zwar die ganze. Sofort!

Ich schlucke. Dann sehe ich vorsichtig zu Mum, die sich übrigens noch immer kein Stück bewegt hat und öffne langsam meine Lippen, als geradewegs das freundliche Spitzenschürzchen auf meinen Tisch zusteuert und im nächsten Moment höre ich mich sagen:

»Wären Sie bitte so nett den ganzen Kram hier endlich mal abzuräumen?« Ich deute echauffiert auf die Tassenberge vor mir und schüttle genervt den Kopf, während ich bittend hinzufüge: »Und eine große Tasse Kamillentee!«

Die Dame vom Service starrt mich für einen Moment mit offenem Mund an, dann sagt sie: »Sehr wohl«, beginnt zu meiner Überraschung ohne jeglichen Widerspruch sogleich damit, das gesamte Geschirr auf ihr Tablett zu stapeln und verlässt mit etwas verstörter Miene den Raum in Richtung Küche. Meine Mum steht mit ebenso verwirrtem Gesichtsausdruck da, als ich mich ihr zuwende, »Einen Service haben die hier? Wirklich, unglaublich«, sage und sie frage, ob sie sich nicht zu mir setzen will. Puh! Das war knapp!

Der Schreck steckt mir noch immer in den Knochen, als ich einige Stunden und einen weiteren Schwangerenyogakurs später, im Wohnzimmer sitzend, Sophie dabei zusehe, wie sie mithilfe von David, ihrem amerikanischen Fitnesstrainer, eine komplizierte Art von Liegestütz vollführt, die zwar ziemlich unangenehm aussieht, aber dafür bestimmt eine Million Kalorien verbrennt.

»Du willst bestimmt nicht mitmachen?«, ruft sie

mir aufmunternd zu und ich schüttle sogleich vehement den Kopf, während ich mir schuldbewusst ein Stück Apfelstrudel in den Mund stopfe.

»Ich bin noch immer komplett hinüber von diesen Asanas.«

»Ananas?«, Sophie blickt verständnislos drein.

»A-SAN-AS«, wiederhole ich laut und deutlich und füge erklärend hinzu: »Das sind verschiedene Körperhaltungen im Hatha Joga.«

»Ach«, stöhnt sie angestrengt, »ist das dieser Kurs, zu dem dich deine Mum angemeldet hat?« Mittlerweile liegt sie auf dem Rücken und stemmt ihre beiden auf eine Million Euro versicherten Laufstegbeine gegen das sexy Sixpack von Mr. Personaltrainer.

Ich nicke zustimmend, kralle mir die Fernsteuerung und drücke den On-Button. In wenigen Minuten starten die Celebritynews auf RTL.

»Und was habt ihr da so gemacht?«

»Du meinst außer zu leiden und die Minuten bis zum Ende zu zählen?«

»Ha, ha.« Sophie rollt mit den Augen. »Sehr lustig.«

»Na wir haben halt diese Asanas gemacht«, sage ich und klopfe nachdenklich mit der Kuchengabel gegen meine Zähne. »Die sollen angeblich einen besonders meditativen Zustand erzeugen. Wie hat dieser Guru Schami noch gleich gesagt?« Ich versuche, mein einziges schmerzfreies Körperteil in Gang zu setzen. »Die Asanas normalisieren die Funktion des gesamten Organismus und sind starke Quelle neuer Kraft und Inspiration.«

»Und weiter?«, Sophie macht eine auffordernde Handbewegung, während Mr. Sixpack ihre Wadenmuskulatur dehnt und ich weiter durch den TV-Jungle zappe.

»Also er meint, wir seien uns selbst ein Buch mit sieben Siegeln. Wir wüssten nicht, wer wir sind, was wir sind, warum wir sind, bla bla bla …«

»Wirklich?«, Sophie sieht mich mit großen Augen an, als hätte ich eben verkündet, dass die Wartezeit für ihre Birkinbag auf ein Monat verkürzt worden wäre. »Und was noch?«

Also schön langsam wird mir die Sache hier ehrlich gesagt ein wenig lästig.

»Alle Asanas sollen die Selbstbeherrschung verbessern«, murmle ich gelangweilt. Was aber bestimmt nicht ganz der Wahrheit entspricht, nachdem ich bereits mein zweites Stück Apfelstrudel mampfe, wobei ich mir eigentlich fest vorgenommen hatte, kein einziges Stück davon zu essen.

»Und was noch?«

»Dass du ihn selber fragen sollst«, sage ich, bevor ich mich wieder dem Fernseher zuwende und auf die eben erscheinende große blaue Weltkugel am Schirm gucke, welche die Nachrichtensendung ›Zeit im Bild‹ ankündigt.

»Wer sein Geld nach Liechtenstein verlegt, profitiert von einem strengen Bankgeheimnis und niedrigen Steuersätzen. Konservative Schätzungen sprechen von knapp 30 Milliarden Euro jährlich, die die innereuropäischen Steueroasen dem österreichischen Fiskus kosten. Doch die wahre Dunkelziffer geheimer Bankkonten liegt, so Experten, noch um ein Vielfaches höher …«, erklingt die Stimme des Moderators noch ehe ich umschalten kann. Und auf einmal macht es Klick.

»DAS IST ES!«

Ich klatsche begeistert in die Hände, springe unter Sophies und Davids entgeistertem Blick von der Couch auf und quietsche vor Freude: »Liechtenstein!«, ehe ich hinüber zum Bücherregal zische und aufgeregt mein pinkfarbenes Moleskine hervorziehe, in dem ich vor Wochen den kleinen weißen Zettel deponiert habe.

»Ildikó 004909876543«, lese ich laut. »Die Kontonummer zu Ildikós geheimen Bankkonto!«

»Aber wozu um Himmels willen braucht eine Zahnarztassistentin ein geheimes Bankkonto?«, merkt Sophie zweifelnd an, die mittlerweile ihr Training unterbrochen hat und neben mir auf dem Boden hockend ihre Turnschuhe öffnet. »Ich meine bei dem Gehalt?«

»Das ist ja auch kein Gehaltskonto!« Ich schüttle vehement den Kopf, während ich, aufgeregt an meinem Nagel kauend, überlege.

»Das ist ein Konto für geheimes Geld. Illegales.

So was wie Schwarzgeld oder …«, ich halte kurz inne, »Schweigegeld.«

»Aber weshalb um alles in der Welt sollte Philipp Margold dieser Ildikó Schweigegeld bezahlen?« Sophie sieht mich erstaunt an.

»Tja, das weiß ich auch nicht so genau«, grummele ich, während sich in meinem Kopf ein Puzzlestück an das andere reiht, »aber findest du es nicht auch seltsam, dass Ildikó niemals Strafanzeige wegen der Vergewaltigung erstattet hat? Ich meine, welchen Grund hatte sie, den Namen des Täters all die Jahre zu verheimlichen, wenn nicht den, zum geeigneten Zeitpunkt Profit daraus zu schlagen?«

»Du meinst Philipp. Sie hat ihn erpresst?« Sophies Augen vergrößern sich ungläubig und ich nicke noch immer aufgeregt, als sie sagt:

»Elli, das müssen wir unbedingt sofort der Polizei erzählen!«

23

Wenn eine Frau flache Schuhe trägt,
heißt das oft, dass sie sich nicht darum schert,
was andere erwarten.
Stuart Weitzman

»Erzähl schon! Was ist passiert?«

Seine dunklen Augen blickten sie neugierig an, während sie auf der mit venezianischer Seide bespannten Recamiere in der Ecke Platz nahm. Sie wirkte angespannt, geradezu nervös, wenngleich sie wie immer hinreißend aussah in ihren hautengen Jeans, den zitronengelben Ballerinas und diesem Halterneck, das ihre Brustwarzen ein wenig hervorblitzen ließ. Dennoch, ihr ängstlicher Gesichtsausdruck verriet ihm sofort, dass sie sich sorgte, als er sich zu ihr setzte und eine Zigarette entzündete. Eine Zeitlang sahen sie sich wortlos an, bis es mit einem Schluchzer aus ihr herausbrach:

»Ich halte das nicht mehr aus. Keine Minute länger.«

»Sophia, cara«, beeilte er sich zu sagen. Seine Stimme klang unerschütterlich sicher. »Sie können dir nichts beweisen. Du wirst sehen, es ist bloß eine Frage der Zeit.« Er nahm zärtlich ihre Hand und sah ihr tief in die Augen. »Wäre nicht der erste ungelöste Mordfall.«

»Aber was, wenn Elli hinter unser Geheimnis kommt?« Sie sah ihn ängstlich an, während sie erneut an ihrer Zigarette zog. »Was wenn sie das mit den Manolos herausfindet?«

»Sie wollte wissen, welche Schuhe ich getragen habe. Und sie braucht bloß ein Foto zu finden«, mittlerweile zitterte sie am ganzen Körper, »und sie weiß, dass ich sie belogen habe … Fürs Erste hat sie die Sache mit Ildikó abgelenkt. Aber …«

»Vergiss Elli«, unterbrach er sie schroff. »Wen interessiert schon, was sie denkt.« Er stellte wütend sein geleertes Glas ab, vergrub die Hände in seinen Hosentaschen und starrte angestrengt zur Tür. »Wer ist sie denn schon?«

»Meine beste Freundin!«, schrie sie außer sich und Tränen der Verzweiflung liefen ihre Wangen hinab. »Ich sollte jetzt bei ihr sein. Sie hat doch diese Untersuchung.«

Die Angst hallte unaufhörlich in ihrem Kopf. »Sie schöpft doch bestimmt Verdacht, wenn ich einfach so wegbleibe.«

»Guten Tag. Mein Name ist Weitzman. Ich habe einen Termin bei Professor Holmer.« Schwester Melanie, wie ich ihrem Namensschild entnehme, blickt kurz auf den Computerbildschirm und nickt. »Wenn Sie bitte noch einen Moment Platz nehmen,

Frau Weitzman«, sagt sie höflich und deutet nach links, wo sich ein Wartebereich befindet. »Sie werden gleich aufgerufen.«

»Dankeschön«, sage ich, kralle mir eine Zeitung namens ›Eltern‹ vom Glastisch, nehme auf einem der gepolsterten Lederstühle Platz, schlage die erste Seite auf und muss herzhaft gähnen. ›Welcher Schnuller ist der richtige für Ihr Kind?!‹

Eigentlich hatte ich ja geplant, den Gynäkologentermin einfach abzusagen, eine Grippe oder so vorzutäuschen oder einfach nicht hinzugehen. Aber gleich nachdem ich aufgelegt hatte, stellte Sophie unmissverständlich klar, dass sie mich zum Arzt begleiten werde, damit, wie sie es nannte, ich es mir nicht noch mal anders überlege und womöglich gar nicht erst hingehe. Wie kommt sie bloß darauf?

Na wenigstens wollte sie nicht bis ins Wartezimmer mitkommen. Wir treffen uns in einer Stunde beim Humanic, diesem megagenialen, ultrariesigen Schuhgeschäft auf der Mariahilfer Straße. Ich habe irgendwo gelesen, dass das der größte Schuhladen Europas ist, also gewissermaßen das ›Schuniversum‹. Und dort werde ich Sophie dann in behaglicher Umgebung eines Paares fröhlich bunter Satinpumps oder mit funkelnden Strasssteinchen besetzter Highheels einfach sagen, dass ich mich bloß geirrt habe.

Das hoffe ich zumindest. Ich habe nämlich dieses kleine Missverständnis zum Anlass genommen, mich mal ein wenig schlau zu machen. Denn wie heißt es so schön, aus Missverständnissen wird man klug. Oder waren es Fehler? Na, wie dem auch sei!

Mein Dissertantenseminar war völlig überraschend früher zu Ende, weil die Klimaanlage unvermutet ihren Geist aufgegeben hatte. – Also, ich muss unbedingt rauskriegen, wie man dieses Klimadings außer Gefecht setzt, nur für den Fall, dass wieder so eine Diskussion zum Thema Paraphrasierung entbrennt. Also echt, das steht ganz oben auf meiner To-do-Liste. – Na jedenfalls bin ich einen kleinen Umweg über die Kärntner Straße nach Hause gegangen, weil ich doch schauen wollte, ob bei Mango dieser tolle weiße Rock schon da war, der original wie jener von Donna Karan aussieht, und als ich da an der Buchhandlung Frick vorbeigekommen bin, dachte ich: Springst mal kurz rein und schaust, was es so zum Thema Schwangerschaft an Lesestoff gibt. Und ich kann nur sagen, es war …

Nun ja … ER-SCHRECK-END.

Also ›Paranormal Activity‹ hat mir nicht im Geringsten so viel Angst gemacht, wie ›Das ehrliche Buch vom Kinderkriegen‹ oder ›1001 Verbote in der Schwangerschaft‹. Und diese ganzen Zeitschriftenartikel erst. ›Wie wirken Wehen und warum tun sie so weh?‹, oder: ›Was Ihr Schreibaby Ihnen sagen will!‹ Also echt, ich war ja so blauäugig!

Ich meine, ich hatte ja keine Ahnung davon, dass die Gebärmutter bis zum Ende der Schwangerschaft das 30-fache an Gewicht hat, oder dass eine durchschnittliche Geburt zwölf Stunden dauert. Ich meine, ganze zwölf Stunden! Können Sie sich das vorstellen?

Das sind unvorstellbarfürchterlichschrecklichbeängstigende 720 Minuten und, lassen Sie mich das mal kurz im Kopf überschlagen, also ziemlich genau exakt, also jede Menge Sekunden.

Und dann erst dieses schreckliche Repertoire an Schwangerschaftserkrankungen. Von Herpes, Diabetes, Vergiftungen bis hin zu Depressionen ist da ja wirklich so ziemlich alles dabei und ich habe bewusst die schlimmsten Sachen weggelassen. Also, ich war so dermaßen außer mir, dass ich allen Ernstes beschlossen habe, nie wieder Sex zu haben. NIE WIEDER!

Und ich frage mich wirklich, wie viele Schwangere auch nur eines dieser Bücher gelesen haben, bevor sie schwanger wurden? Also, ich wette keine Einzige! Sonst wäre die Menschheit doch bestimmt schon ausgestorben. Oder was meinen Sie? Auf alle Fälle bin ich am Boden zerstört.

Weil ich nämlich aus einem mir unerklärlichen Grund überfällig bin. Und dabei bin ich normalerweise so regelmäßig, wie ein Eilzug der ÖBB. Also von Zeit zu Zeit kann schon mal eine kleine Verspätung eintreten, aber im Moment gibt es wohl so eine Art außerplanmäßigen Aufenthalt.

Ich habe auch schon ziemlich intensiv darüber nachgedacht, was die Ursache dafür sein könnte – Pille vergessen, Zeitverschiebung … ? – und ich bin zu dem Schluss gekommen, dass es wohl der Stress sein muss. Ist ja auch echt kein Wunder! Ich meine, die ganze Sache mit Sophie, dann diese Schwangerschaftsaufregung und dann auch noch meine Dissertation! Zugegeben, ich habe noch nicht so wahnsinnig intensiv daran gearbeitet, aber das schlechte Gewissen deswegen ist Stress pur. Das können Sie mir glauben. Zudem diese mühseligen Seminare immerzu, oder soll ich sie schwere Form von Gehirnfolter nennen?

Ich meine, stellen Sie sich mal vor, Sie sitzen für geschlagene zweieinhalb Stunden im Raum mit etwa einer Handvoll Jungakademikern, die einen ›Brasilianer‹ für einen südamerikanischen Landesbewohner und ›Lagerfeld‹ für einen Zeltplatz in der rheinländischen Oberpfalz oder so ähnlich halten und diskutieren angestrengt darüber, ob im eben vorgestellten Text der Dissertantenkollegin, die übrigens an mehreren Sozialprojekten im vorderen Kongo oder sonst wo teilgenommen hat und eine 900-seitige Arbeit zum Thema ›Die Rezeption der Psychoanalyse nach Freud in soziologischen Lexika‹ verfasst hat, ob der Begriff ›zudem‹ im zweiten Absatz auf Seite 897, nicht besser durch ›darüber hinaus‹ ersetzt werden sollte. Und als wäre das nicht schon genug der Qual, müssen sie dabei noch interessiert dreinschauen, unter gar keinen Umständen einschlafen und zudem dem Ganzen etwas möglichst Geistvolles hinzufügen.

Im Anschluss an diese Seminare fühlt sich mein Gehirn jedes Mal an, als hätte jemand fröhlich damit Pingpong gespielt.

Die einzige Motivation, mich dort jede Woche erneut hinzuschleppen, ist, dass nur etwa 100 Meter vom Institutsgebäude entfernt so eine total nette Papeterie ist. Da gönne ich mir dann immer mal was Nettes. Einen dieser glitzernden Gelstifte zum Beispiel oder eines dieser wunderschönen, mit Blütenpapier eingeschlagenen Notizbücher.

»Wenn Sie bitte noch eine Urinprobe abgeben«, höre ich die Sprechstundenhilfe und blicke zum Anmeldebereich hinüber, wo eine dunkelhaarige Schönheit, die in ihrem teuren elfenbeinfarbenen Armanihängerchen direkt dem Titelblatt der Vogue entstiegen scheint, eben einen Plastikbecher zur Hand nimmt und in Richtung Toilette geht.

Mann! Die kommt mir irgendwie bekannt vor.

Ich durchsuche die hintersten Winkel meiner Cortex, aber ich komme nicht drauf. Ob die wohl auch wegen einer Vorsorgeuntersuchung da ist?

Bestimmt bekommt sie wahnsinnig hübsche Kinder. Ich meine, haben Sie die Wangenknochen gesehen? Und die vollen Lippen erst?

Ich blättere weiter in meiner Zeitschrift. ›Welcher Brei für Babys erste Jahre‹ – haben die hier eigentlich nirgends eine Woman? Ach, das ist aber schnell gegangen. Auf entzückenden kornblumenblauen Ankle-Pumps von Moschino, die waren in der Elle abgebildet, kommt das Covergirl wieder zurückgestöckelt. Sie hinkt ein wenig. Woher kenne ich sie bloß?

»Wir werden Sie jetzt noch wiegen und dann sind Sie fertig für heute«, lächelt die Frau im weißen Kittel und verschwindet mit der mir bekannt Unbekannten hinter einer der vielen Milchglastüren. Moment Mal! Wiegen?

Aber hallo, ich bin doch hier beim Gynäkologen, oder etwa nicht? Wieso denn wiegen, denke ich und spüre, wie sich jede einzelne Zelle meines Körpers anspannt. NEIN! Bitte nicht! Ich habe doch Jeans an. Und das weiß doch schließlich jeder, dass die mindestens zwei Kilo schwerer machen. Und erst diese Ferretti-Wedges mit diesem verflixten Holzplateau, die wiegen bestimmt auch eine ganze Menge. Gar nicht zu sprechen von den Wassereinlagerungen. Ich meine, es hat heute doch bestimmt mindestens 70 Grad im Schatten!

Vielleicht sollte ich einfach im Winter noch mal

wiederkommen … Und zwar in einem dieser fließend-zarten Wickelkleider von Diane Fürstenberg und Tory-Burch-Ballerinas. Ja, und ich könnte eine Woche vorher ein wenig Salz und Kohlehydrate einsparen …

»Frau Weitzman, Sie können jetzt eintreten.«

Kurz darauf sitze ich meinem langjährigen Arzt gegenüber, den ich bisher nur von Ruckzuck-Besuchen in der Mittagspause für mein Yasmin-Rezept kenne und füge mich meinem Schicksal.

»Gut«, sagt er mir ruhiger Stimme, während er in meinem Patientenakt ein paar Notizen macht. »Das heißt also, Sie sind drei Wochen überfällig?«

Ich nicke. Ich weiß, ich weiß, drei Wochen sind eine ganze Menge, aber ich hatte ja auch eine ganze Menge Stress!

»Haben Sie sonstige Veränderungen bemerkt?«

Ich überlege kurz. »Nein, nicht, dass ich wüsste.«

Er nickt zufrieden. »Wenn Sie sich dann bitte freimachen würden«, sagt er, zeigt nach links und ich verschwinde in der Umkleidekabine. Ich quetsche mich gerade aus meinen furchtbar engen Hosen, als es an der Tür klopft und kurz darauf jemand den Raum betritt.

»Wenn Sie noch das Folsäurerezept für Frau Visconti unterzeichnen würden«, bittet eine Frauenstimme, die – wie ich bemerke – der Sprechstundenhilfe gehört. Und auf einmal bleibt mir die Luft weg.

Hat sie eben Visconti gesagt?

Oh mein Gott, jetzt weiß ich, woher mir das Cover Girl mit dem Plastikbecher und den Moschinos so bekannt vorkam. Es ist Paola Visconti, Philipp Margolds Frau! Ich höre, wie Professor Holmer seinen Mont-Blanc-Füller öffnet und über das Papier gleiten lässt, während er sich nach der Gewichtszunahme der Patientin erkundigt.

»3.900 Gramm«, antwortet Schwester Melanie.

»Ausgezeichnet. Das ist für die 14. Schwangerschaftswoche geradezu ideal.«

Wahnsinn! Ich kann es noch gar nicht glauben, als ich aufgeregt das Rezept in meine übervolle Neverfull-Bag stecke und fröhlich die Marmortreppen im Stiegenhaus von Professor Holmers Ordination hinunter hüpfe. Und ich musste noch nicht mal auf die Waage. Irgendjemand hat wohl die Batterie geklaut. Ich sage Ihnen, schräge Vögel gibt's vielleicht.

Also im Moment bin ich total platt, weil, ich meine, ich hatte ja keine Ahnung! Ich fühle mich wie dieser Typ in Platons Gleichnis, der das erste Mal in seinem Leben aus der Höhle rauskommt und bemerkt, dass da eine völlig andere Welt existiert, als er dachte. Eine Very-Important-Baby-Welt. In der Tiffany-Greifringe, Cartier-Silberrasseln und Gucci-Windeltaschen vorkommen. In der es maßgeschneiderte Louboutins für Kleinkinder, Trendschnullis aus der Rockstar-Kollektion von Bon-Jovi-Drummer Tico Torres und Hermes-Kuschelteddys aus Orlyfell gibt. In der hippe Hollywoodmums Mother&Baby lesen und bei Baby Dior einkaufen. Ich kann nur sagen, ich LIEBE diese Welt. Ich hatte bloß bis gerade eben keinen blassen Schimmer davon, dass sie überhaupt existiert. Aber jetzt, also ich muss das unbedingt sofort Sophie erzählen.

Ich lange aufgeregt nach meinem Nokia in die Tasche und wähle Sophies Nummer. Ein Blick auf die Uhr sagt mir, dass sie bestimmt schon den halben Laden leergekauft haben muss, doch nach dreimaligem Läuten meldet sich bloß ihre Mailbox. Seltsam!

Eigentlich hatte ich erwartet, dass sie ins Telefon kreischen würde, wo in Teufelsnamen ich denn bleibe und was denn nun der Arzt gesagt hätte. Wieso hebt sie denn nicht ab? Ich erreiche Sophie immer, egal wie spät es ist oder wo auf der Weltkugel sie sich gerade herumtreibt.

Na gut, dann hinterlasse ich ihr eben eine Nachricht. »Hi Soph!«, sage ich fröhlich nach dem Peep. »Sorry, dass es später geworden ist, aber dafür habe ich geniale Neuigkeiten!« Dann stecke ich etwas enttäuscht mein Handy zurück in die Tasche.

Mist! Nun habe ich so tolle Nachrichten und

kann sie niemandem erzählen. Dafür kaufe ich mir aber jetzt gleich ein Paar fabelhafte Flats, entzückende Flip-Flops oder Bella Ballerinas, die liegen nämlich laut Vogue Bambini bei den Modelmums derzeit total im Trend.

Beschwingt drücke ich die schwere Eingangstür im Marmorstiegenhaus auf, rausche hinaus in den hellen, warmen Sommernachmittag und renne mit vollem Karacho in so einen Businesstypen im dunklen Gucci-Anzug. »Entschuldigung!«, entfährt es mir sofort. »Ich hab' Sie gar nicht …« Und im nächsten Moment bleibt mir das Herz stehen. Es ist Erik!

24

Okay, ich konnte Erik davon überzeugen, dass ich bloß wegen eines neuen Pillenrezepts in der Gegend war. Er hat mich zwar ziemlich lange misstrauisch beäugt, aber er hat's geschluckt und im Anschluss daran habe ich mir in diesem neuen Schuhladen in Tuchlauben – ehe ich 34 Anproben lang vergeblich auf Sophie gewartet habe – das zuckersüßeste Stillettosandalenpaar überhaupt gekauft. Sie heißen Cereza, haben entzückende limettengrüne Riemchen, an denen keck zwei rote Knorpelkirschen baumeln und hinten an der Ferse versteckt sich ein winzig-geformtes Blatt. Ich bin ja so glücklich. Seither sind etwa 18 Stunden vergangen, ich habe noch immer kein Lebenszeichen von Sophie und schön langsam mache ich mir echt Sorgen.

Ob ihr Verschwinden vielleicht mit dem neuen Ermittlungsstand zusammenhängt?

Schließlich waren all unsere Hoffnungen im Keim erstickt worden, nachdem die Polizei Ildikó Kourkowa nach unserem Hinweis verhört hatte. Sie gestand zwar Philipp Margold auf 500.000 Euro erpresst zu haben, für die Mordnacht allerdings hatte sie ein Alibi. Ihr Ticket und ein Schaffner der Ungarischen Bahn konnten bestätigen, dass sie zur Tatzeit bereits im Zug nach Budapest saß.

War Sophie am Ende deswegen untergetaucht? Sie wird doch keine … Was wenn …

Bloß nicht dran denken!

›Sängerknötchen als personal-existenzieller Ausdruck‹ lese ich konzentriert und starre auf die weißglänzende Tastatur meines Laptops.

Ich beginne, gedanklich verschiedene Sätze zu formulieren. Dann tippe ich ein paar Wörter. Stoppe mittendrin. Lese was ich geschrieben habe. Und lösche alles wieder. So geht es eine ganze Weile. Hoffentlich ist ihr nichts passiert, schießt es mir auf einmal durch den Kopf. Und ich greife sogleich in meine Tasche nach dem Handy, um mich zu vergewissern, dass ich nicht womöglich eine ankommende SMS verpasst habe könnte – ich meine, sie kannte doch ihre Kautionsauflagen. Wusste, dass sie in Schwierigkeiten kam, wenn sie sich nicht zweimal täglich bei der Polizei meldete. Nichts.

Hm!

Bestimmt hat sie bloß irgendso einen Massimoverschnitt getroffen, beruhige ich mich. Ja, genau, vermutlich sitzt sie jetzt mit ihm in der Sky Bar und lässt sich ein paar Drinks spendieren.

Okay, weiter im Text. ›Trotz einheitlicher Diagnose unterscheiden sich Sänger mit funktionellen Veränderungen der Stimme in zahlreichen Aspekten voneinander …‹

Mann, geistige Arbeit muss echt eine Unmenge

Kalorien verbrauchen. Ich hopse vom Hocker, öffne die Schoko-Lade, hole das rote Sackerl hervor und begebe mich, nachdem ich mir eine Handvoll Kekse genüsslich in den Mund habe fallen lassen, zurück zu meiner Arbeit.

Wie geht's weiter? Moment mal! Hat es da etwa gerade an der Tür geläutet?

Ich zische in meinen Filzschlappen hinaus, öffne erwartungsvoll, aber niemand ist da – dabei könnte ich schwören … Ich lasse die Tür ins Schloss fallen. Dann rase ich zurück an meinen Arbeitsplatz und lese noch mal den letzten Satz.

Ach herrje, jetzt habe ich Durst. Ich sollte noch schnell einen Schluck … Nein, Elli!

»Konzentrier dich jetzt! Du hast nur noch drei Wochen«, ermahne ich mich laut.

Schließlich war es extrem mühsam, bis ich überhaupt zu diesem Abgabetermin gekommen bin.

Mein Dissertationsbetreuer, Prof. Detler ist nämlich eine höchstkomplexe Mischung aus Pinocchio und fauler Willi. Zudem verbindet ihn eine erschreckende Ähnlichkeit mit Woody Allen. Mit Ausnahme seines Sprechtempos – das erinnert eher an dieses rosa Kaninchen in der Duracellwerbung, dem gerade die Batterie ausgeht. Darüber hinaus verfügt er über die besondere Begabung, keinen Satz mit weniger als etwa 324 Satzteilen, von denen mindestens 95 % Fremdwörter sind, zu formulieren, und jeder seiner zahlreichen Monologe beginnt mit, ›Frau Weitzman, in Anbetracht der bla bla bla bla‹, und endet nach einer halben Stunde mit den Worten: ›Das haben Sie doch verstanden?‹

Das Schlimmste aber ist, dass er nach etwa jedem zweiten Wort völlig unerwartete Pausen einlegt und die dauern jedes Mal eine gefühlte Ewigkeit. Er schließt dabei die Augen und man könnte wirklich auf den Gedanken kommen, dass er ein kurzes Schläfchen hält. Tut er aber nicht.

Ja, ich bin sicher.

Nein, das wollen Sie nicht wissen!

Dazu kommt ein außergewöhnlich umfangreiches Repertoire an unnützen Fragen in der Art: ›Ist eine Lok eine Lok, und wenn wir davon ausgehen, dass es eine Lok ist, wodurch lässt sich die Lok dann spezifizieren? Es reicht keineswegs aus zu sagen, eine Lok habe Räder, fahre und könne hupen, denn das täte ja auch das Auto und das Fahrrad.‹

Na wie dem auch sei, ich will Sie nicht länger damit langweilen. Aber das eine steht fest, er raubt mir meinen letzten Nerv und meinen wohlverdienten Schlaf. Und das ist keineswegs im übertragenen Sinne gemeint. Raten Sie mal, wann er mir erlaubt hat, ihn anzurufen, um einen Termin für die Abgabe meiner Dissertation zu vereinbaren. Mitternacht!

Ja, richtig gehört. Erik dachte erst, ich mache einen Scherz, als ich um 23.59 Uhr auf der Suche nach dem Schnurlos war, um meinen Professor anzurufen. Und dann wollte er ihn verklagen, wegen, ach keine Ahnung, groben Unfugs oder so.

Egal! Ich hab's geschafft! Am Montag in drei Wochen darf ich die Arbeit abgeben. Und er hat mir zugesichert, sie zu lesen – was einem kleinen Wunder gleich kommt. Aber nur, wenn ich ihm ein Exemplar maile, eines ausdrucke und ihm per Post an die Uni schicke und ihm exakt drei Tage später noch einmal eine Erinnerungsmail schreibe, dass ich ihm meine Arbeit per Mail und Post zugeschickt habe. Also wirklich, mal ganz ehrlich, wozu hat der Mann studiert, wenn er noch nicht mal dazu im Stande ist, sich ein popeliges Datum zu merken?

Beep Beep!

Moment mal! Ich habe eine SMS bekommen.

Ich greife mir mein blau blinkendes Nokia, tippe auf das kleine Briefchen am Display und lese:

Hi Honey,
hab' soeben Einsicht ins Grundbuch genommen.
Der Eigentümer des Objekts
in der Goethegasse 1 ist Philipp Margold.
Dicken Kuss! Erik

Ich denke einen kurzen Moment nach, dann lege ich mein Handy zurück auf die Granitplatte und widme mich wieder meinem Text.

Einen arbeitsintensiven Nachmittag später bin ich richtig zufrieden mit mir, als ich mit Erik im Gastgarten des kleinen Griechens am Spittelberg sitze und wir die Vorspeisenplatte mit gefüllten Weinblättern, Tsatsiki, frischem Schafskäse und Oliven genießen, während Erik erfreut davon berichtet, dass er nun endlich einen Anwalt für die neue Prager Niederlassung gefunden hat.

»Das ist ja spitze!«, quietsche ich begeistert. Die ganze Sache hat sich nämlich schon über Monate hingezogen, weil einer der bereits vor Monaten angeheuerten Anwälte in letzter Minute abgesprungen war und es sich als äußerst schwierig erwies, einen geeigneten neuen Kandidaten zu finden. Und das brachte diese wichtige russisch-tschechische Firmenfusion, bei der es anscheinend um Millionen-Eurobeträge ging, ziemlich in Bedrängnis, weshalb ich Erik in den letzten Wochen auch nur selten zu Gesicht bekam.

»Ja!«, sagt Erik ernst. »Hoffen wir mal, dass er auch durchhält. Noch so eine Misere können wir uns nämlich keinesfalls leisten.«

»Bestimmt geht diesmal alles gut!«, strahle ich ihn an, drücke fest seine Hand und er lächelt.

»Und was gibt's bei dir so Neues?«

Er sieht mir tief in die Augen und ich schüttle möglichst locker den Kopf. »Ach, nichts Besonderes!«

»Keine neuen Probleme mit Privatspenden?« Er

zieht erwartungsvoll seine Augenbrauen hoch und ein Lächeln huscht über sein Gesicht. Und gleich darauf, noch ehe ich etwas entgegnen kann, sagt er auf einmal:

»Hast du vielleicht etwas auf dem Herzen?«

Oh Gott. Plötzlich kriege ich Angst.

Hat er mir meine improvisierte Ausrede heute nachmittag vielleicht gar nicht abgenommen?

Was wenn er weiß, dass ich gar nicht wegen des verlegten Yasminrezeptes bei Prof. Holmer war.

Was wenn …

»Du siehst aus, als würde dich etwas immens beschäftigen.« Erik hat diesen undeutbaren Gesichtsausdruck und ich merke, wie sich mein ganzer Körper anspannt.

»Du weißt doch, dass du mir alles sagen kannst?«

»Ja sicher«, nicke ich versucht locker-flockig, während der eben an unseren Tisch gekommene, schwarz beschürzte Kellner damit beginnt, die Vorspeisenteller auf seine linke Hand zu stapeln und ich verstohlen auf die Uhr blicke. »So spät? Hoffentlich ist ihr nichts passiert«, höre ich plötzlich meine besorgte Stimme und sehe, wie sich Eriks Gesichtszüge verändern.

»Ach Elli! Jetzt lass uns doch mal den schönen Abend genießen!« Er klingt enttäuscht und ich seufze.

»Das will ich ja auch«, versichere ich schuldbewusst. »Aber was, wenn Sophie etwas passiert ist?«

»Ach, du meinst so etwas Schreckliches wie etwa ein siebengängiges Menü im Palais Coburg, ein überraschender Kurztrip nach Salzburg, oder«, er hält kurz inne, »ein Abstecher ins Hotel Orient?«

»Ha, ha! Sehr witzig!«

»Ach Honey!« Eriks dunkle Augen blicken mich fragend an. »Was soll denn schon passiert sein?«

»Keine Ahnung«, antworte ich etwas unsicher, »aber irgendwie verhält sich Sophie in letzter Zeit so komisch …«, ich breche ab.

»Inwiefern denn komisch?«

»Ach, ich weiß auch nicht … Als ob sie etwas verstecken würde oder so? Seit sie auf diesem Wolfordshooting war. Wenn ihr Handy läutet, zuckt sie regelrecht zusammen. Sie verlässt zum Telefonieren jedes Mal den Raum und dann flüstert sie so leise in den Hörer, dass man kein Wort verstehen kann, auch wenn man sich noch so anstrengt!«

Ein leises Schmunzeln zeichnet sich auf Eriks Lippen ab.

»Sie sagt Verabredungen grundlos ab, oder erscheint gleich gar nicht, und …« Ich halte kurz inne.

»Und was?« Erik sieht mich fragend an.

»Also neulich hat sie gesagt, dass sie zu ihren Eltern fährt. Aber dann habe ich sie im Schwarzen

Kameel sitzen sehen, mit einem Mann.« Ich schlucke. »Und vorgestern, da hat sie gesagt, dass sie shoppen geht. Und dann ist sie ohne ein einziges Sackerl nach Hause gekommen. Ich meine, sie hatte noch nicht mal einen winzigen Lippenstift und«, ich habe echt Sorge, dass sie etwas mit Margolds Tod zu tun haben könnte, denke ich und überlege, ob ich ihm von meiner Befürchtung erzählen soll.

Ich meine, immerhin hat er gesagt, ich könne ihm alles erzählen. Und ich weiß, dass er das auch so gemeint hat. Und ich verheimliche ihm nun schon so Vieles, dass ich deswegen schon ein total schlechtes Gewissen habe.

»Hm.« Erik seufzt nachdenklich, »Das klingt in der Tat ziemlich außergewöhnlich.« Er schiebt ein Stück gebratenes Lamm auf seine Gabel.

»Aber womöglich liegt es auch an den momentanen Umständen«, sagt er dann und sieht mich eindringlich an. »Also wenn dieser Mordfall erstmal geklärt ist, werden sich deine Sorgen bestimmt in Wohlgefallen auflösen.«

»Meinst du wirklich?«

»Ja«, versichert er lächelnd und prompt bilden sich dabei zwei süße Grübchen. »Das meine ich.«

Und ich hoffe inständig, dass er recht damit behält.

25

Der Mann hinter der Budel nahm ein saftiges Stück Käsekrainer vom Grill, legte es auf einen Pappteller und reichte es samt frischer Kaisersemmel mit Serviette seinem Stammkunden, der eben einen kräftigen Schluck von seiner roten Mischung nahm. Sein Name war Josef Vitasek. Bei seinen Spezies auch als Sepp oder Häfen-Joe bekannt. So früh am Morgen war er stets der einzige Gast hier. Nur während der Faschingszeit im Winter, wenn in den blumengeschmückten, von Straußwalzerklängen erfüllten, ehrwürdigen Räumen des Opernhauses, der Philharmonie und der Hofburg die prunkvollen Wiener Bälle kaiserlich zelebriert wurden, traf man sich früh morgens im Anschluss ans ›Brüderlein fein‹, mit dem traditionsgemäß jede Wiener Ballnacht ihr Ende fand, in Frack und Robe noch zu einer ›Hassen‹ bei einem der Würstelstände an der Ringstraße.

»Seit gestern is furt die Oide.« Er klang erleichtert, als er einen weiteren Bissen von seiner Eitrigen nahm, nachdem er sie zuvor tief in dem Berg Estragonsenf auf seinem Teller versenkt hatte. »Bin i froh, dass des G'frastsackel endlich a Wö'n g'schlogn hot.«

Der beleibte, grauhaarige Mann hinter der Theke

nickte zustimmend ohne von seiner Zeitung aufzublicken und Josef Vitasek erzählte weiter von »Schorschi, der aus dem Häf'n herauß'n war«, als ihn der Würstelstandbesitzer auf einmal mit den Worten »Schau her!« unterbrach und mit seinem Finger auf ein großes Bild deutete: »Kennst di a?«

Josef Vitasek schüttelte, nachdem er das Bild kurz betrachtet hatte, uninteressiert den Kopf und biss ein weiteres Mal in seine Wurst.

»Heast du bist bled! Sicha kennst de. Wast eh, de hot den Fotografen dawiagt.«

Der orange Uniformierte schüttelte erneut gelangweilt den Kopf, während der Budenbesitzer zu seinem Leidwesen aufgeregt fortfuhr. »De woa gestern nocht do, ba mia, am Stand, mit so an Typen.« Der Stolz in seiner Stimme war unüberhörbar. »Mit so an italienischen Lackoff. Haße Hund homs gessen!« Er zog die Zeitung näher an sich heran. »Oiso i find des komisch! A so a B'sondere mitten im Summa, ba mia am Stand?«

Josef Vitasek war klar, dass er seine Neuigkeiten heute wohl nicht mehr an den Würstelmann bringen würde, der noch immer fasziniert auf das Foto in der Zeitung starrte und laut darüber nachdachte, ob er es wohl ausschneiden und auf seinen Stand kleben sollte, »quasi ois Bablisitie.« Also leerte er sein Glas, bezahlte und machte sich wieder an die Arbeit.

Die Gegend um die Ringstraße ab Parlament einschließlich Volksgarten und Stadtpark war seit mittlerweile mehr als 15 Jahren sein frühmorgendliches Einsatzgebiet.

Es war eine laue, mondhelle Nacht. Der schmale Weg hinüber zum Kursalon Hübner und zur Meierei, wo auch das Schubertdenkmal stand, war von den vereinzelten, schwarzen Gusseisenlaternen spärlich ausgeleuchtet.

Dass de Leid owa a nia in di Müküwi eanan Mist werfen kennan, dachte er bei sich, während er mit der Kralle allerlei Plastikverpackungen, einige zerquetschte Trinkdosen und zerknülltes Papier vom Boden aufhob und in seinen grauen Wagen fallen ließ, als ihn ein Geräusch zusammenzucken ließ.

Es kam aus dem Fliederbusch. Direkt hinter ihm. Er blickte sich suchend um.

Nichts. Es war zu dunkel.

Höchstwahrscheinlich einer von den Stadtstreichern. Die schliefen in den warmen Sommernächten gerne im Stadtpark, waren aber ansonsten harmlos.

Er ging langsam weiter zum eisernen Mülleimer neben der hohen Eiche, entriegelte ihn, holte den übervollen Plastiksack heraus und da fiel sein Blick auf die regungslose Gestalt am Boden.

»Hoffentlich net scho wieda so a Schwindlicher«, ging es ihm durch den Kopf, als er sich dem leblosen Körper näherte. Es war noch kein Jahr her, da hatte er im Resselpark einen Drogentoten gefunden. Kein schöner Anblick. »Und erst die ganzen Scherereien mit der Kieberei.«

Doch als er näher kam, sah er das Blut, das sich vom Kopf des Toten ausbreitete. Und mit einem mal stand fest:

»Der hot Blei g'schluckt!«

Finanzamt Wien 1/23
Team 8/ Gruppe 4b

Frau
Mag. Elisabeth Weitzman
Habsburgergasse 9/11
1010 Wien

Wien, am 31. 8. 2008

Betreff: Schreiben vom 25. 8. 2008

Sehr geehrte Frau Weitzman,

wie Sie in Ihrem Brief vom 25. 8. 2008 schreiben, finden Sie es schade, dass wir schon so lange nichts mehr voneinander gehört haben. Ich würde Sie trotzdem bitten nicht einfach mal auf einen Sprung bei mir vorbeizuschauen.

Gut, dass Sie die Informationsbroschüre Sonderausgaben intensiv gelesen haben und ›ein solch dummes Missverständnis‹, wie Sie es nennen, nicht mehr vorkommen wird.

Es freut mich zu hören, dass Sie, wie Sie schreiben, ›ein braver, grundsolider Steuerzahler sind, der keine heimlichen Konten in Liechtenstein, der Schweiz oder sonst wo besitzt‹ und ich Ihre ›Lieblingssachbearbeiterin‹ bin.

Da wir keinerlei Auszeichnungen wie ›Steuerzahler des Jahres‹ verleihen, kann ich Sie dafür auch nicht vorschlagen.

Mit freundlichen Grüßen

Maria Molart
Finanzbeamtin

26

Am nächsten Morgen geht es mir gar nicht gut. Genau genommen fühle ich mich hundeelend, wie ich hier so am Bett sitze und grüble, während Erik gut gelaunt ein Tablett mit dampfendem Darjeeling und herrlich duftenden Briochekipferln neben mir abstellt und mir einen Morgenkuss auf die Stirn drückt. Er trägt ein frisches weißes Hemd zu seinen dunklen Businesshosen, hat die Morgenzeitung unter den Arm geklemmt und weiß nichts von meinen Sorgen. Also lächle ich zurück, nippe artig an meinem Tee und überfliege abwesend die Schlagzeile seiner Zeitung – ›Mafiamord im Stadtpark‹ –, während er sich zu mir setzt und darin zu lesen beginnt. Nur um sie im nächsten Moment gleich wieder sinken zu lassen.

»Geht's dir gut?«, forscht er besorgt, und ich nicke.

»Sicher?«

»Ich habe einfach keinen Hunger«, versichere ich leise kopfschüttelnd und Erik wendet sich wieder den gefallenen Börsenkursen zu. Aber in Wahrheit stimmt das nicht. Mir fehlt nicht einfach nur der Appetit. Mir fehlt die Lösung. Die ganze Nacht lang habe ich gegrübelt. Nachdem ich gegen Mitternacht diese seltsame SMS von ihr bekommen habe.

Mach dir keine Sorgen!
Mein Akku war leer.
Hab' den Schweden
getroffen.
Meld' mich!
Sophie

Wieder und wieder bin ich unsere Gespräche durchgegangen. Habe versucht alle Fakten zu bedenken, doch ich komme einfach nicht dahinter. Irgendwie scheint das alles überhaupt gar keinen Sinn zu machen. Warum ist Sophie einfach so davongerannt in jener Nacht, ohne die Polizei zu rufen? Warum behauptet sie steif und fest, dass der Tote am Bett lag, wo alle Zeitungen berichten, dass er am Boden aufgefunden wurde? Warum taucht sie so einfach unter?

Und warum bloß hat sie geleugnet, dass sie die Manolos getragen hat?

Tausende Warum und keine logische Antwort. Außer natürlich: Sie war es!

Und ich bin die doofe Freundin, die das nicht schnallen will und die womöglich schon die längste Zeit über zur Verschleierung ihres perfekt getarnten Verbrechens beigetragen hat.

Oh mein Gott! Der Gedanke ist mir ja überhaupt noch nicht gekommen.

»Alles in Ordnung?«

Erik sieht mich verwundert über den Rand seiner Zeitung an und erst jetzt bemerke ich, dass ich mein Briochekipferl in tausend Einzelteile zerlegt und über die ganze Bettdecke verstreut habe.

»Ja. Alles in Ordnung«, sage ich schnell, nicke mit dem Kopf und zwinge mich zu lächeln.

»Bestimmt?« Er nimmt meine Hand, ich blicke in sein vertrautes Gesicht und auf einmal weiß ich, dass ich es nicht mehr zurückhalten kann. Dass ich es nicht länger vor ihm geheim halten kann.

Ich fühle, wie sich meine Augen mit Tränen füllen.

Wie mein Zwerchfell plötzlich hysterisch zu zucken beginnt. Und im nächsten Moment ergießen sich ganze Wasserbäche über mein Gesicht.

»Sophies Schuhe sind die Mordwaffe«, schluchze ich lauthals und Eriks Augen vergrößern sich ungläubig. »Die Riemchensandalen aus New York!« Ich halte einen Moment inne und versuche mich vergeblich zu fassen.

»Ich weiß es schon seit Kroatien«, piepse ich weiter, »aber ich wollte Sophie nicht in Schwierigkeiten bringen. Und ich dachte, es klärt sich bestimmt alles und dann wäre es unwichtig …« Ich kann nicht mehr.

Ich bin am Ende.

Ich vergrabe meinen Kopf in Eriks Schultern und lasse meinem Kummer freien Lauf. Und das tut richtig gut. Endlich ist alles heraußen. Keine Geheimnisse mehr. Keine Lügen.

Eine ganze Weile sitzen wir einfach nur so da. Und ganz tief drinnen hoffe ich ein klein wenig, dass sich alles in Wohlgefallen auflösen wird. Ich mich vielleicht bloß geirrt habe. Und Erik sagen wird, dass ich mir da etwas einrede. So wie damals, als ich davon überzeugt war, dass mich die Polizei heimlich verfolgt, weil ich schwarz mit der U3 zum Museumsquartier gefahren bin. Oder wie letzten Sommer, als ich der festen Überzeugung war, dass mich am Ring der Salieradieb, der dieses furchtbar wertvolle Salzfass im Kunsthistorischen Museum geklaut hat, mit dem Fahrrad angerempelt hat. Wie sich später rausgestellt hat, war es bloß ein Bäcker vom Alsergrund.

Doch stattdessen sieht er mich ernst an.

»Elli! Du weißt, dass wir das sofort der Polizei melden müssen.«

Und da sind sie.

Die unausweichlichen Worte, vor denen ich die ganze Zeit über so große Angst hatte.

♍

TAGESHOROSKOP

Jungfrau (24.8.–23.9.)

In diesen Tagen fragen Sie etwas intensiver nach dem Warum vieler Dinge. Ein forschender Zug lässt Sie Ungereimtheiten aufspüren und konzentrierter darüber nachdenken. Nutzen Sie heute Ihre mentalen Talente, denn Sie wissen intuitiv genau, was Sie möchten und wie Sie das erreichen können.

Die Voraussetzungen für einen positiven Tag sind gut. Sie neigen zu einer optimistischen Stimmung voller Selbstvertrauen, die bei Ihrer Umwelt eine überraschende Offenheit auslöst.

Ihr Gefühlsbarometer erreicht heute Extremwerte. Ob nach oben oder nach unten, ist nicht vorhersehbar. Dies ist keine geruhsame Zeit, in Ihnen tobt eine Welle intensiver Gefühle.

27

Bitte. Bloß keine Panik! Es wird schon gut gehen. Schließlich ist alles geplant.

Ich habe das Buch ›Argumentieren in Stresssituationen‹ praktisch auswendig gelernt, trage einen beigefarbenen Trenchcoat, Ballerinas, eine Fendi-Spy-Bag und einen Hauch von Eriks neuem Armaniduft. Na ja, eigentlich ist es mehr als nur ein Hauch. Ehrlich gesagt habe ich mich heute Morgen so großzügig damit eingesprüht, dass mir schon richtig schlecht ist von dem intensiven Massaia-Holz-Muskat-Aroma. Aber wenn es hilft?

Eine sozialpsychologische Studie der Uni Mannheim hat nämlich ergeben, dass maskuline Düfte Kompetenz und Führungsqualität vermitteln und Frauen mit Männerparfums daher in jeder Hinsicht erfolgreicher sind. Und was soll ich sagen, ich muss heute unbedingt erfolgreich sein! Es geht ja hier gewissermaßen um Leben und Tod. Was mich aber absolut nicht irritiert. Ich neige nämlich heute zu einer optimistischen Stimmung voller Selbstvertrauen. Das meint zumindest mein Horoskop auf der Vogue-Homepage. Es kann also absolut gar nichts schief gehen. Ich muss bloß ruhig bleiben und vor allem einen kühlen Kopf bewahren. Das bin ich Sophie schuldig.

Seit mittlerweile zwei Wochen sitzt sie nun schon in Untersuchungshaft in der Landesgerichtsstraße und es ist wohl nur noch eine Frage der Zeit, bis man Anklage gegen sie erheben wird, nachdem DNA-Spuren von Philipp Margold an den Riemchen ihrer Manolos sichergestellt werden konnten.

Das hier ist somit quasi ihre letzte Chance, denke ich, während ich vorsichtig den Blister mit der Aufschrift ›Paroxeticin‹ zwischen den entzückend pistaziengrünen Seifenpröbchen hervorziehe. Ein Glück, dass er noch an der gleichen Stelle liegt. Ich stecke ihn flink in die rechte Tasche meines Burberry-Trenchs, schließe aufgeregt die Tür zum Waschschrank und verlasse möglichst geräuschlos die Toilette in Richtung Wohnzimmer. Gut! Noch läuft alles nach Plan.

Als ich in dem hellen, von den warmen Strahlen der Mittagssonne durchfluteten Wohnzimmer ankomme, ist aus der Ferne das Schlagen der Glocken des Stephandoms zu hören und wieder liegt ein angenehmer Duft von Sandelholz in der Luft. Der Concierge aus dem Orient hatte eine wirklich gute Nase. Aus der Küche vernehme ich das Geräusch eines Eiscrushers. Dann klirren ein paar Gläser und im nächsten Augenblick betritt Olivier das Zimmer.

»S'il te plaît«, sagt er, streckt mir lächelnd ein Glas Limettensaft entgegen und ich nippe sogleich dankend daran, während ich meinen Blick durchs Zimmer schweifen lasse.

Auf dem wellenförmigen Steintisch befinden sich die gleichen edlen Bilderrahmen in derselben Anordnung wie damals. Bloß das Bild von Olivier und Philipp ziert nun ein schwarzes Samtband und eine brennende, schwarze Wachskerze steht davor.

Ich blicke auf und wende mich Olivier zu, der auf dem dunklen Kalbsledersofa Platz genommen hat und eben einen Schluck von seinem Glas nimmt.

»Vermisst du ihn?«, frage ich, während ich mich setze, und versuche dabei möglichst mitfühlend zu wirken.

Er stellt überrascht sein Glas zurück und blickt mich eine Weile stirnrunzelnd an.

»Ist bestimmt schlimm, einen geliebten Menschen zu verlieren«, fahre ich fort. »Einen Menschen für den man alles aufgegeben hat. Seine Heimat, seine Karriere.«

Olivier zeigt keinerlei Reaktion, aber sein ungewöhnlich intensiver Blick fixiert mich, was mich ehrlich gesagt ein wenig nervös macht.

»Ich weiß, dass Philipp und du ein Paar wart«, sage ich nach einer Pause und sehe ihm dabei direkt ins Gesicht. »Er war deine große Liebe. Nicht wahr?«

»Was redest du hier eigentlich?« Seine Stimme klingt amüsiert.

»Das weißt du genau«, versuche ich mich davon nicht ablenken zu lassen. »Philipp hat nicht nur Paola betrogen. Er hat euch beide betrogen. Und was noch schlimmer ist. Er hat dich gefeuert.«

Ich schlucke. »Deshalb hast du ihn auch umgebracht!«

»Das ist doch vollkommen lächerlich«, fällt mir Olivier spöttisch ins Wort. »Du erfindest Geschichten, nur weil du nicht wahr 'aben willst, dass deine Freundin Phil ermordet 'at.« Seine Augen funkeln mich böse an und ich spüre wie sich mein Magen nervös zusammenzieht.

»Du bist den beiden ins Orient gefolgt«, sage ich und meine Stimme zittert ein wenig. »Als der Kellner den Champagner vor der Zimmertür abstellte, da hast du deine Chance ergriffen. Du wusstest, dass niemand Verdacht schöpfen würde, als du die Flasche mit Paroxet versetzt hast. Weil doch Philipp wegen seiner Angststörung dieses Medikament täglich einnahm.« Ich schnappe nach Luft. Mein Herz rast, aber mittlerweile bin ich so in Fahrt, dass mich nichts und niemand mehr aufhalten kann. Die Wörter sprudeln nur so aus mir heraus, während Olivier mich die ganze Zeit über fassungslos anstarrt. »Das Beruhigungsmittel hat in kürzester Zeit dazu geführt, dass Philipp das Bewusstsein verlor. Sophie dachte, er sei tot. In Panik ist sie aus dem Zimmer gestürzt und du?« Ich schnappe nach Luft. »Du hast dich in die Suite geschlichen, wo Philipp bewusstlos auf dem Bett lag. Dann hast du die Riemchen ihrer Manolos um seinen Hals gelegt und zugezogen. Solange, bis er tot war.«

Ich schlucke erneut, ein leichtes Zucken huscht über Oliviers Gesicht und ich befürchte, dass er im nächsten Moment über mich herfallen wird. Aber stattdessen steht er einfach nur da und starrt mich mit undurchdringlicher Miene an, während ich klopfenden Herzens fortfahre. »Als Sophie bemerkte, dass sie in Panik ihre Manolos in der Suite zurückgelassen hatte und noch einmal in das Zimmer zurückkehrte, da warst du längst über alle Berge. Du kanntest den diskreten Hintereingang. Du hast ihn mit Philipp selbst mehrmals benutzt. Der Concierge konnte sich an deinen französischen Akzent erinnern. Und an den Duft von Sandelholz.« Ich verstumme.

Oliviers Augen fixieren mich lange und ausdruckslos. Ich habe keine Ahnung, was in seinem Kopf vorgeht.

»Fabel'aft, diese Geschichte«, sagt er schließlich und klatscht amüsiert in die Hände. »Sehr kreativ. Nur leider 'ast du dafür keinen einzigen Beweis.« Er sieht mich herablassend an.

»Ach ja?« Ich ziehe schwungvoll den Paroxetblister aus der Tasche. »Den hier habe ich aus deinem kleinen Geheimversteck. Ich bin mir sicher, die Polizei wird darauf deine Fingerabdrücke …«

»Autsch!«

Olivier fasst mich am Arm.

Er wirft mich voller Wucht zu Boden und ich knalle mit dem Hinterkopf gegen irgendetwas Hartes. »Alors Mademoiselle, jetzt reicht's!«, zischt er, während er meinen Körper gegen das polierte Sternparkett drückt und ich spüre etwas Warmes, Feuchtes meinen Nacken hinablaufen.

»Wem 'ast du diese spannende Geschichte noch erzählt?«

Er packt mich wütend am Hals. »Wer weiß noch davon?«

»Niemand«, stammle ich tonlos und er grinst zufrieden.

»Phil war ein Bastard, ein Egoist, ein verdammter Lügner.« Ich höre ein unzuordenbares Rascheln hinter mir und im nächsten Moment spüre ich, wie er meine Handgelenke am Rücken mit einem Klebeband umwickelt. »Er 'at mich bloß benützt für seine Swecke. Ich 'abe ihm ge'olfen, seinen Vater für immer loszuwerden. Eine Million. Das war es ihm wert. Aber ich? RIEN! NICHTS!«

»Und dann erfahre ich, dass er mich aus seiner Wohnung … aus seinem Leben stößt, nach allem, was ich für ihn getan 'abe.« Er schnappt nach Luft. »Ich wollte, dass er leidet. So wie ich. Ich konnte nicht ahnen, dass Sophie nichts von dem Champagner trinken würde. Es war reiner Sufall, der mir in die 'ände 'at gespielt. Das machte die ganze Sache er'eblich leichter.« Er lacht zufrieden, während er den Tablettenblister vom Perserteppich aufhebt und in seine Hosentasche steckt. Ich versuche derweilen vergeblich, mich zu bewegen, doch die Fesseln um meine Gelenke sind so eng gezogen, dass ich kaum noch etwas spüren kann und ein zunehmend pochender Schmerz breitet sich in meinem Kopf aus.

»Weißt du! Manchmal ergeben sich solch glückliche Sufälle«, er ist aufgestanden und geht hinüber zur Küche, wie ich verschwommen wahrnehme. »So wie dieser bedauerliche Unfall 'ier …« Er lächelt. »Weil doch dieser dumme Gas'ahn defekt ist.«

Dann öffnet er die glänzende schwarze Küchenschranktür neben dem Herd und beginnt langsam an dem kleinen silber-glänzenden Knopf zu drehen. »Es tut mir ja so leid für dich. Elli.«

28

»Elli!«, höre ich eine warme Männerstimme irgendwo aus der Ferne zu mir durchdringen. Ich öffne langsam mein linkes Auge und nehme eine unscharfe Gestalt wahr, doch bevor ich sie erkennen kann, ist alles wieder dunkel. Na gut, noch mal von Vorne. Linkes Auge öffnen.

Also ich brauche echt ein Aspirin, oder besser gleich ’ne ganze Packung. Rechtes Auge öffnen …

Hallo? Was ist denn das bloß für ein komisches Nachthemd? Und erst die Bettwäsche?

Das sind nicht meine Laura-Ashley-Laken! Wenn bloß mein Kopf nicht so weh tun würde! Ich greife langsam nach oben an den schmerzhaft-pochenden Ort des Geschehens und erschrecke.

Moment mal! Jetzt ist aber Schluss mit lustig! Wo sind denn meine Haare abgeblieben? Was habe ich denn da bloß auf meinem Kopf? Also mit Sicherheit kein Seidentuch von Hermès …

»Elli! Endlich. Du bist wach!«, höre ich die Stimme erneut, versuche meinen schmerzenden Kopf langsam zur Seite zu drehen und erkenne Erik am Bettrand. Er hat die Hemdsärmel hochgekrempelt. Seine dunkle Krawatte hängt gemeinsam mit seinem Sakko über dem Stuhl und überraschender Weise scheint er sich heute gar nicht rasiert zu haben.

Also irgendwie sieht er richtig mitgenommen aus. Als hätte er die ganze Nacht kein Auge zugemacht. »Was ist denn hier los?«

»Heißt das, du hast keine Ahnung, was passiert ist?« Erik kommt erstaunt näher, sieht mich eindringlich an und ich schüttle vorsichtig den Kopf.

»Elli, wir haben dich in Oliviers Wohnung gefunden.« Seine Stimme klingt gequält. »Du warst bewusstlos.«

»Bewusstlos?« Ich kann nicht glauben, was ich da höre.

Er nickt. »Du hattest eine schlimme Verletzung am Kopf. Man hat die Wunde genäht und dir diesen Verband hier verpasst.« Für einen Moment bin ich absolut planlos. Ich meine, wieso Verletzung? Und Verband?

Bis sich allmählich irgendwo ganz hinten in meinem Kopf etwas zu regen beginnt. Und auf einmal sehe ich es. Ein verschwommenes Bild. Olivier ist in der Küche. Die Schranktür neben dem Herd steht offen …

»Mensch Elli! Was hast du dir bloß dabei gedacht?«

Eriks Stimme schwankt zwischen Ärger und Erschöpfung.

»Ich wollte Sophie helfen«, sage ich, als ich mich endlich aus meiner Erstarrung löse.

»Wie? Indem du dich selbst in Gefahr bringst?« Er sieht mich verständnislos an und ich habe keinen blassen Schimmer, was ich ihm antworten soll. Ich meine, ich möchte ihm alles erklären. Aber mein Kopf tut weh und wo überhaupt anfangen?

»Weshalb hast du mir kein Wort gesagt?«

Er vergräbt sein Gesicht in den Händen. Und seine Stimme klingt traurig. »Ich dachte, wir hätten keine Geheimnisse voreinander.«

»Haben wir ja auch nicht«, beeile ich mich zu sagen. Na ja, mal abgesehen davon, dass meine BH-Größe nicht wirklich 75D ist und die Tasche im Gucci-Sale eigentlich ein winzig-kleinwenig teurer war als 60 Euro.

»Und wieso gibst du dann meiner Sekretärin Oliviers Adresse und die Nachricht, dass sie dir die Polizei schicken soll, falls du dich in 20 Minuten nicht bei ihr meldest?« Er hat denselben undurchdringlichen Gesichtsausdruck wie damals, als er diesen furchtbarwichtigen Kartellrechtsfall verloren hat und ich fühle, wie sich ein fester Knoten in meinem Hals bildet.

»Es tut mir leid«, würge ich schließlich hervor. »Ich weiß, ich hätte es dir sagen müssen. Von Anfang an.«

Ich schlucke nervös, während mich Eriks Blick fixiert. »Ich hatte Angst, dass du es nicht gut finden würdest. Ich meine, die ganze Idee war ja etwas verrückt …«

»Etwas verrückt?«

»Na gut, ziemlich verrückt«, räume ich ein.

»Ziemlich verrückt und echt gefährlich!«

»Na gut, ziemlich verrückt und echt gefährlich«, wiederhole ich artig und ein Lächeln huscht über sein Gesicht.

»Versprich mir, dass du so etwas Dummes nie mehr wieder machen wirst«, befiehlt er streng und im nächsten Moment zieht er die Augenbrauen spitzbübisch in die Höhe. »Versprochen?«

»Versprochen!«, piepse ich erneut.

»Keine Geheimnisse mehr?«

»Keine Geheimnisse«, versichere ich. Und dann endlich, nimmt er mich in seine Arme, ich rieche sein After Shave und seine Bartstoppeln picksen mich ein wenig, als er mich fester an sich zieht und mich endlich küsst.

»Entschuldigung, ihr Turteltauben, aber ich habe schließlich nicht ewig Zeit«, mit diesen Worten springt auf einmal die Tür auf und zu unser beider Überraschung steht im nächsten Augenblick Sophie im Zimmer.

»Mein Flug nach N.Y. geht in zwei Stunden«, sagt sie und sieht umwerfend aus in ihrem pinkrosa Bandeaukleidchen und der schwarzen 2.55-Chaneltasche in Krokooptik. Ihre Haare glänzen und ihre blauen Augen strahlen. Ich glaube, ich habe sie noch nie so glücklich gesehen.

»Wie geht's deinem Kopf?«, fragt sie schuldbewusst, während sie sich fröhlich zu mir aufs Bett fallen lässt und mich fest drückt.

»Danke, ganz gut«, behaupte ich noch etwas zerknautscht. »Aber was machst du denn hier?«

»Wie, das weißt du nicht?« Sophie runzelt erstaunt die Stirn. »Hast du denn noch keine Nachrichten geguckt?«

»Nein«, sage ich überrascht. »Wieso?«

»Wieso?« Sophie klingt amüsiert.

»Elli, du hast Phil's Mörder überführt«, lacht sie und mir klappt die Kinnlade hinunter. »Wie bitte?«

»Die Polizei hat die Wohnung gestürmt. Sie konnten das Beruhigungsmittel mit seinen Fingerabdrücken darauf sicherstellen und ihn festnehmen.« Ein weites Lächeln breitet sich auf ihrem Gesicht aus. »Er hat natürlich versucht, alles zu leugnen. Aber dann fanden sie das Diktiergerät in deiner Manteltasche und darauf sein Geständnis. Dein Süßer hier meint, dass er mit Sicherheit zu einer lebenslangen Haftstrafe verurteilt werden wird«, sagt sie, deutet fröhlich auf Erik und ich kann kaum fassen, was ich da höre.

»Es hat also wirklich geklappt?«

»Ja, Dummerchen!«, wundert sich Sophie. »Aber wie bist du bloß darauf gekommen?« Sie rückt näher, sieht mich neugierig an und ich beginne, nachdem sich Erik mit seinem Blackberry mal kurz nach Draußen verabschiedet hat, langsam zu erzählen.

»Also angefangen hat alles mit unserem Besuch bei Olivier, den Betäubungsmitteln, die ich in seinem Schrank fand und gleich wieder vergaß – schließlich sind solche Mittel in Promihaushalten keine Seltenheit – und damit, dass Philipp Margold am Boden liegend aufgefunden wurde, du aber immerzu steif und fest behauptet hast, dass er am Bett lag«, erinnere ich mich. »Es gab dafür bloß eine vernünftige Erklärung, mal abgesehen von einem geschickten Ablenkungsmanöver deinerseits. Jemand musste nach dir das Zimmer betreten haben.« Sophie runzelt nachdenklich die Stirn und ich greife mir das volle Wasserglas, das neben Eriks wundervollem Strauß weißer Rosen auf meinem Nachtkasten steht. »Und dann waren wir segeln, ich bin hinter das Geheimnis deiner Schuhe gekommen und Harald hat von Oliviers großer Liebe erzählt. Von der anscheinend niemand etwas Näheres wusste oder sie jemals gesehen hatte. Also habe ich mich gefragt, welchen Grund das haben konnte. War die Frau prominent, verheiratet oder«, ich werfe ihr einen fragenden Blick zu, »war sie womöglich gar keine Frau?«

Sophies Augen vergrößern sich ungläubig und ich stelle das Wasserglas zurück auf den Nachttisch. »Ich erinnerte mich an das Foto in seiner Wohnung. Die beiden umarmten sich darauf und im Hintergrund war ein romantischer Sonnenuntergang zu sehen.« Ich ziehe verschwörerisch meine Augenbrauen hoch. »Als dann Erik Einblick ins Grundbuch nahm und sich herausstellte, dass Philipp Margold der Eigentümer des Lofts war, da bestand für mich kein Zweifel mehr, dass er Olivier's heimliche Liebe sein musste.«

»Wahnsinn«, unterbricht mich Sophie aufgeregt. »Aber weshalb hat er ihn umgebracht?«

»Weil Philipp ihr langjähriges Verhältnis beendet hatte. Und ihn loswerden wollte.« Ich räuspere mich. »Michael hat erzählt, dass ihn Olivier Mathieu bereits Wochen vor Philipp Margolds Tod damit beauftragt hatte, einen neuen Job für ihn zu finden.«

»Wer ist Michael?«

»Du weißt schon, Eriks Geschäftspartner aus London, dessen Frau wie Bridget Jones aussieht. Dieser Headhunter.«

Sophie nickt. »Wahnsinn! Du bist ja eine richtige kleine Miss Marple.«

»Also Miss Manolo wär' mir lieber«, sage ich schmunzelnd, wir müssen beide lachen und auf einmal bleibt mir die Luft weg. Ich kann kaum glauben, dass er mir die ganze Zeit nicht aufgefallen ist, so wie er funkelt und strahlt. Er sieht furchtbar-beeindruckend-teuer aus. Bestimmt ist er von Tiffany's.

»Sag' mal, was hat denn das zu bedeuten?«,

sage ich, nehme Sophies Hand und starre fasziniert und zugleich verwundert auf das atemberaubende Kunstwerk an ihrem Ringfinger. Ein verstohlenes Lächeln huscht sogleich über ihr Gesicht und da ist es wieder: dieses Strahlen, das mir schon vorher aufgefallen ist.

»Elli!« Sie blickt mich ernst an. »Es gibt da sozusagen eine kleine Neuigkeit.« Ihre Stimme ist plötzlich eine Oktave höher vor lauter Glückseligkeit und ihre Augen glänzen, als sie sagt:

»Ich bin verlobt.«

Wie bitte? Also das kann ja nicht … Ich muss mich wohl … Oh mein Gott! Ich brauche auf der Stelle einen Arzt! Die müssen unbedingt sofort eine Magnetresonanz oder Ähnliches mit mir machen. Also die müssen meinen Zustand echt so was von unterschätzt haben. Kleine Gehirnerschütterung. Pah, von wegen! Das ist mit ziemlicher Sicherheit ein ausgewachsenes Schädelhirntrauma. Ich meine, das kann doch nun wirklich nicht …

»Elli!«

Sophie sieht mich besorgt an. »Hast du gehört? Ich bin verlobt.«

»Wie? Es stimmt also?«, höre ich meine verwirrte Stimme.

Sie nickt und für einen ziemlich langen Moment bin ich vollkommen sprachlos.

»Aber mit wem?«

»Mit Massimo.«

»Massimo?« Ich ziehe ein Gesicht.

»Ja, ich weiß«, beeilt sich Sophie zu sagen. »Aber er hat sich geändert. Wirklich!«

Sie nimmt versichernd meine Hände. »Er hat sich endgültig von seiner Frau getrennt«, erklärt sie freudestrahlend. »Und während der ganzen Sache mit Philipp Margold, da hat er mir beigestanden.« Sie seufzt.

»Weißt du Elli, als ich in Untersuchungshaft saß, war er die ganze Zeit für mich da. Er hat mich abgelenkt, mich auf andere Gedanken gebracht. Mir wieder Mut gemacht«, flüstert sie verliebt und schön langsam dämmert es mir.

»Dann warst du also seinetwegen tagelang wie vom Erdboden verschluckt?« Ich ziehe misstrauisch meine Brauen in die Höhe. »Und der heiße Schwede? Der war in Wahrheit ein heißer Italiener, oder?« Ich beäuge Sophie kritisch und sie nickt schuldbewusst. »Du warst mit IHM im Schwarzen Kameel. Und es gab auch gar kein Wolford-Shooting. Stimmt's?«

»Ich wusste doch, dass du damit nicht einverstanden wärst, nach allem was passiert ist«, sagt sie betroffen und auf einmal muss ich lachen.

»Und ich hab' bei all der Geheimnistuerei schon befürchtet, dass du Philipp Margold umgebracht haben könntest«, quietsche ich vorwurfsvoll und umarme sie, als ich auf einmal den entsetzten Klang, einer mir sehr vertrauten Stimme höre.

Ich blicke überrascht zur Tür … und im nächsten Moment in die zutiefst besorgten Gesichter meiner Eltern.

29

Ein Schuh ist das schönste weibliche Accessoire.
Christian Louboutin

Einen Monat später

Mann, bin ich aufgeregt! In weniger als zwanzig Minuten geht es los. Dann bekomme ich es, dieses langersehnte, wahnsinnig tolle, zu allen Stilrichtungen passende, ultimativ einzigartige, überall tragbare, zeitlose Accessoire. Und alle sind gekommen. Nur um dabei zu sein, wenn die feierliche Übergabe erfolgt. Den Bescheid habe ich ja bereits per Post erhalten, aber ohne die akademische Feier in diesen altehrwürdigen Räumen fühlt es sich einfach nicht richtig an. Es braucht eben alles im Leben den entsprechenden Rahmen. Man lässt sich ja auch keine Kelly Bag per Post zuschicken, oder? Nein, man brezelt sich auf, geht in den Hermes Laden und dann lässt man sie sich in so einer süßen orangefarbenen Papiertasche verpacken und dreht stolz damit ein paar Runden am Graben. Also so würde ich es zumindest machen, wenn ich mir jemals eine leisten könnte.

Wie dem auch sei! Erik und meine Eltern warten schon draußen vor der Tür und mein Mister Lawaholic konnte sich den ganzen Nachmittag freinehmen. Er hat sogar seinen Blackberry zu Hause gelassen, was einer Art Supernova gleichkommt. Mein Vater trägt aus feierlichem Anlass heute sogar ausnahmsweise eine Krawatte. Seine Beste. Sie stammt aus dem Jahre 1978, was man am schrillen Gelbton auch auf den ersten Blick erkennen kann. Und meine Mum? Die hat extra für den heutigen Tag ganze vier Kilo abgespeckt. Und das, obwohl sie beim Gemeindewettbewerb um die beste Sachertorte mitgemacht hat. Rainer ist auch kurz vorbeigekommen. Leider musste er überraschend zurück aufs Institut, bevor die ganze Feier überhaupt begonnen hat. Wegen irgendeiner superwichtigen chemischen Reaktionsformel oder so.

Aber egal. Wenigstens hat er mir die Altmann & Kühne-Pralinen dagelassen. Oder besser gesagt, dachte ich das, bis ich hineinsah in dieses entzückende Säckchen im Originaldesign der Wiener Werkstätten. Egal, Schokolade macht sowieso bloß schlechte Haut und dicke Hüften. Und auf die beiden Accessoires im Speziellen kann ich echt locker verzichten, weil ich nämlich schon längst stolze Besitzerin bin. Deshalb habe ich mich, ehrlich gesagt, richtig gefreut, als ich das Buch gesehen habe: ›Der Kategorische Imperativ‹. Ich meine, ist ja womöglich gar nicht so langweilig, wie der Titel vermuten lassen würde, oder?

Und wenn, kann ich zumindest meine Frauenromane dahinter verstecken.

Die Einzigen, die heute fehlen, sind Eriks Eltern. Die müssen sich nämlich in London gerade um den Kampf gegen den Welthunger kümmern, indem sie champagnerschlürfend irgend so ein potthässliches, zweimillionenpfundteures Kunstwerk eines skandinavischen Aktionskünstlers ersteigern, bevor sie wie jedes Jahr einen Monat in ihrer spektakulärriesigen Strandvilla auf Sardinien verbringen. Ich bin ja so traurig!

Mein Geschenk haben sie mir schon gegeben. Es ist eine wirklich schöne Dankeskarte. Vom ›San Francisco Architectural Heritage Fund‹, dem sie in meinem Namen und ohne mein Wissen einen mir unbekannten Betrag gespendet haben. Ist das nicht aufmerksam?

Wer außerdem fehlt, ist Sophie. Die ist nämlich gerade zur Eröffnung der Chanel-Show in Paris. Aber sie hat ein ziemlich großes Päckchen geschickt. Erik hat es zwar gleich weggepackt und gesagt, dass ich es erst nach der Feier öffnen dürfte, doch ich konnte einen kleinen Blick auf die Verpackung erhaschen und jetzt kann ich es kaum mehr erwarten, da reinzugucken.

»Wenn die akademischen Würdenträger eingezogen sind«, dringt die etwas schrille Stimme der Promotionsorganisatorin zu mir durch, »dann wird das Gaudeamus Igitur erklingen. Nach Vorstellung der KandidatInnen und der Festansprache verliest die Promotorin den Gelöbnisteil. Danach wird Ihnen allen das goldene Zepter der Universität gereicht. Sie legen ihren Zeige- und Mittelfinger auf die Kugel des Zepters und geloben mit dem Wort ›Spondeo‹ ...«

Also das ist ja nun wirklich nicht so wahnsinnig spannend, da erzähl' ich Ihnen doch lieber noch ein wenig von Sophie.

Stellen Sie sich vor, seit zwei Tagen führt sie jetzt die Vogue-Rangliste der erfolgreichsten Models an und sie ist das Gesicht der neuen Dangereux-Linie von Agent Provocateur. Begonnen hat alles damit, dass sie, gleich nachdem sie das Gefängnis verlassen hatte, bei David Letterman in der Show war, in diesem hautengen Cavallikleid. Und da hat sie recht anschaulich ihre Modelmordgeschichte erzählt. Ich denke, es gab noch nie so viele Pieptöne im amerikanischen Fernsehen. Tja, und schon am Tag darauf hatte sie diesen langersehnten Spitzenwerbevertrag mit diesem amerikanischen Kosmetikkonzern in ihrer Fenditasche und mittlerweile läuft der Spot schon im Fernsehen: ›Weil sie es sich wert sind‹. Ich hab' ihn auf Video. Moment mal!

Ich muss jetzt mal kurz hier zuhören. Ich glaube, ich habe da nämlich gerade meinen Namen gehört.

»Sind Sie Frau Dr. Weitzman?« Die Organisationsfrau wirft mir einen genervten Blick zu.

»Ja, das bin ich«, entgegne ich betont höflich

und setze ein artiges Lächeln auf, welches allerdings unreflektiert von ihr abprallt. Sie vermerkt irgendetwas auf ihrem Notizblock, schiebt ihre rote Brille zurecht und sagt dann beiläufig: »Sie werden die Eucharistia ans Ehrenkomitee sprechen.«

»DIE WAS?«

»Na, die Dankesworte«, sie sieht mich verwundert an. »Sie können doch Latein?«

»Ähm … ja, klar«, versichere ich gelassen und schiebe noch ein lockeres Lachen nach: »Natürlich.« Mist! Wieso habe ich denn das jetzt bloß gesagt? Ich meine, weil ich doch überhaupt gar kein Latein kann! Obwohl so ganz stimmt das eigentlich auch wieder nicht. Weil ich weiß zum Beispiel, dass Globus Weltkugel heißt. Ja genau. Und et cetera bedeutet und so weiter.

Und ich bin mir ziemlich sicher, dass merci danke heißt.

Merci. Na also! Da hätte ich aber auch gleich draufkommen können. Ich zupfe zufrieden an meinem burberrykarierten Capejäckchen. Ich werde da also einfach raufgehen, das Mikro nehmen und sehr höflich ›merci‹ sagen. Das weiß doch schließlich jedes Kind: in der Kürze liegt die Würze. Und so Promotionsfeiern dauern, mit all den feierlichen Ein- und Auszügen, Urkundenüberreichungen, Streichorchesterstücken, ja mindestens eine Ewigkeit, da sind mir die Leute bestimmt sogar dankbar, wenn die Dankesworte nicht so wahnsinnig lange ausfallen.

»Merci?«, die Promotionstante wirft mir einen erstaunten Blick zu.

Wie, was, habe ich das jetzt etwa gerade laut gesagt?

»Ich übe bloß ein wenig für die Dankesworte«, sage ich mit einem gütigen Lächeln während ich mein Chanel-Gloss aus der Tasche ziehe.

»Auf Französisch?« Sie runzelt verständnislos die Stirn.

Und auf einmal läuft in meinem Hals irgendetwas ziemlich falsch. Ich muss husten. Nein, ich kriege vielmehr einen superspektakulärheftigen Hustenkrampf. Meine Augen tränen, ich laufe knallrot an und höre, wie irgendjemand besorgt:

»Ein Glas Wasser!« ruft. Im nächsten Moment setzt man mich auf einen karminrotgepolsterten Barockstuhl, ich nehme heftig zitternd das Glas und werde von allen Seiten angestarrt. Na Bravo!

Einen Moment später habe ich eben versucht, langsam ein paar Schlucke zu nehmen, konzentriert tief zu atmen, wie dieser Yoga-Guru gesagt hat und beginne gerade mich zu beruhigen, als schon wieder diese Promotionstante auf mich zu kommt.

»Wenn Sie sich nun bitte alle für den Einzug in den Festsaal aufstellen«, erklärt sie und macht eine aufscheuchende Handbewegung. Ich reihe mich also brav in die Schlange ein, die Türen öffnen sich und ich sehe in den großen barocken Festsaal. Ganz vorne in der ersten Reihe sitzen meine Eltern und

Erik kann ich hinter dem Orchester ausmachen. Die Kamera steht ihm gar nicht schlecht.

Meine Mum winkt mir zu und ich sehe, dass sie fast platzt vor Stolz. Ihre Wangen sind vor Aufregung ganz rot und sie fummelt irgendwie wild in der Gegend herum. Hallo? Was macht sie denn jetzt? Nein, das ist doch nicht etwa ... Ein Transparent? Oh mein Gott, ist das peinlich!

Sie hält es triumphierend in die Höhe und der ganze Saal dreht sich danach um.

›Elli! Du bist einsame Spitze!‹, steht drauf, in roten Lettern und daneben entziffere ich ein ziemlich ätzendes Foto von mir.

Ich bereite mich gerade auf den zu erwartenden Herzstillstand vor, als mir die Promotionstussi einen Zettel entgegenhält.

»Hier«, sagt sie und sieht mich etwas besorgt an. »Denken Sie, dass Sie das schaffen? Sie brauchen es bloß runterzulesen.«

Ich blicke auf den kleinen weißen Streifen in meiner noch immer zitternden Hand und kann es kaum glauben. »Dankesworte aus dem Kreis der neu ernannten DoktorInnen«, lese ich und bin augenblicklich erleichtert, als ich die fünf darunter stehenden lateinischen Wörter erkenne.

Ich bin gerettet!

»It's showtime«, höre ich hinter mir jemanden leise zischen, im nächsten Moment erklingt auch schon das Gaudeamus Igitur und die akademischen

Würdenträger, in ihren ehrwürdigen Roben, betreten den Raum. Ich atme noch einmal schnell durch, streiche meine Haare glatt und schreite langsam in den herrlich geschmückten Festsaal der Universität.

30

Frauen, behaltet eure Manolos,
die halten länger als die meisten Ehen.
Sarah Jessica Parker

»Ist sie nicht FABELHAFT«, quietsche ich Stunden später aufgeregt, klatsche begeistert in die Hände und kann mein Glück kaum fassen, während Erik amüsiert mit dem Kopf nickt. Ich streiche glückselig über das feine Kalbsleder, sauge seinen würzigen Duft in mich ein und bewundere die entzückende Cadenas-Schließe, während ich vollkommen überwältigt die beigelegte Karte zum bestimmt vierhundertsten Mal an diesem Abend lese:

… weil es sich für die besonderen Dinge
im Leben zu warten lohnt!
Feiert schön und dickes Bussi
Sophie

Eine ganze Weile stehe ich einfach nur so da und bewundere sie, wie sie anmutig in diesem hübschen orangefarbenen Karton liegt und mir entgegenstrahlt. Sehen Sie bloß diesen winzigen, goldenen Schriftzug. Ich fahre vorsichtig mit meinem Zeigefinger darüber. Und die Farbe: Apfelgrün. Das passt ja perfekt zu meinen Kirschmanolos …

»Kirschmanolos?«

Ich zucke zusammen, als ich Eriks überraschte Stimme höre. Oje! Ich wollte das doch eigentlich nicht laut sagen.

»Ich hab' dir doch keine Kirschmanolos aus New York mitgebracht«, sagt er, die Stirn konzentriert in Falten gelegt.

»Nein. Natürlich nicht«, antworte ich mit einem unschuldigen Kopfschütteln. »Wie kommst du denn darauf?«, und versetze gleichzeitig dem weiß glänzenden Schuhkarton neben dem Nachtkästchen einen gezielten Fußtritt, sodass er blitzartig unter dem Bett verschwindet.

»Honey?«

Erik zieht die Augenbrauen misstrauisch hoch und sieht mich ziemlich lange und eindringlich an. »Wir haben doch vereinbart: keine Geheimnisse.«

»Klar«, versichere ich versucht locker, aber meine Stimme klingt irgendwie ziemlich schrill und ich spüre, wie mir heiß wird.

Ogottogott, ich kann ihm jetzt auf gar keinen Fall in die Augen schauen. Also drücke ich ihm die Kelly-Bag in die Hand, oder sollte ich sie, wie ich ja offen gesagt wirklich ziemlich cool finde, Elli-Bag nennen, wie Erik vorgeschlagen hat? Schluss! Keine Zeit für Überlegungen – wortlos flitze ich hinüber zum Wäschekorb und beginne aufgeregt in der Schmutzwäsche zu kramen.

»Sag mal, was machst du denn da?«

Ich blicke kurz auf und bemerke Eriks entgeisterten Gesichtsausdruck. »Ich suche etwas.«

»Wie? Im Wäschekorb?«

Ich nicke, wühle weiter kopfüber in dem riesigen dunklen Kirschholzkorb nach den versteckten Visitenkarten und ahne, dass wohl Erik gerade ziemlich verwundert den Kopf schüttelt, aber ich will ihn doch damit überraschen und er muss ja nicht gleich sehen, wie viele Schachteln das hier sind. Wie heißt das Sprichwort noch gleich: ›Was er nicht weiß, macht ihn nicht wütend‹, oder so ähnlich.

»Ich hab' sie!«, quietsche ich ein paar Minuten später vergnügt und eine Freudenwelle durchflutet sogleich meinen Körper, als meine Fingerspitzen das weiche Satinband berühren. Wie schön dieses Pink ist. Jetzt bloß noch … Verflixt! Wieso ist das denn so schwer aufzukriegen?

Ich ziehe mit voller Kraft an der pinkfarbenen Schleife, die über den Karton gewickelt ist, aber es funktioniert nicht, weil … Mist! Was? Auf einmal verliere ich das Gleichgewicht … ich stolpere … falle mit voller Wucht auf den Korb, knalle mit ihm zu Boden und im selben Augenblick ergießt sich zu meinem Entsetzen eine fröhliche Flut kleiner weißer Schächtelchen mit pinkfarbenen Schleifchen über das gesamte Sternparkett bis hin zu Eriks frischpolierten Pradaschuhen und für den Bruchteil einer Sekunde steht die Zeit still.

Nichts rührt sich. Ich liege verdattert neben dem verbeulten Wäschekorb und Erik steht wie angewurzelt da und starrt auf den Boden.

»Was zum Teufel!«, unterbricht da Eriks Stimme die eisige Stille. Er atmet scharf aus und fährt sich mit den Händen durchs Haar. »Kannst du mir bitte mal erklären, wozu du die alle brauchst?« Er sieht irgendwie ziemlich wütend aus oder ist es vielleicht nur überrascht?

»Ich dachte, dass …« Eriks Gesichtsausdruck lässt mich augenblicklich verstummen. Es besteht kein Zweifel! Überraschung sieht anders aus.

»Herrgott, Elli!«, er deutet fassungslos auf die weiß-rosa Schachtelflut in unserem Schlafzimmer und mir wird ein wenig mulmig zu Mute. »Wozu um alles in der Welt brauchst du mehrere Hundert Visitenkarten?«

»Tausend«, unterbreche ich ihn und fasse mir sofort entsetzt an den Mund.

»Wie bitte?«

Er sieht mich durchdringend an.

»Na ja … also ganz genau genommen«, piepse ich und wage es kaum, ihn anzusehen, »sind es eigentlich …«, ich atme tief durch, »40.000.«

Erik scheint, seinem Gesichtsausdruck nach zu

schließen, plötzlich ziemlich heftig nachzudenken. Ich versuche ein zaghaftes Lächeln, während ich mich langsam vom Boden aufrappele und mir an die schmerzende Stelle fasse, wo mich der Wäschekorb getroffen hat. »Aber sie waren im Sonderangebot«, füge ich hoffnungsvoll hinzu und räuspere mich kurz. »75 % billiger.«

Erik scheint das überhaupt nicht zu beeindrucken. Er verzieht keine Miene. Also, ganz ehrlich gesagt, hört er mir, glaube ich, gar nicht zu. Er sitzt einfach nur so da, dreht nachdenklich an seinem Manschettenknopf und starrt dabei auf die Schlafzimmertür. Schön langsam aber sicher, mache ich mir ein klein wenig Sorgen.

»Ich weiß ja, dass es ziemlich viele sind«, gebe ich offen zu, als ich langsam damit beginne, die Schächtelchen vom Boden aufzusammeln, »aber weißt du, es war ein echt supermegaschrecklicher Tag. Professor Psycho hat mich total zur Schnecke gemacht: ›Ihre Arbeit ist viel zu unausgereift, bla bla bla ...‹ Ich war so deprimiert deswegen, dass ich schon alles hinschmeißen wollte, ehrlich ... und dann war da dieser Printshop und ich dachte ...«

»Du dachtest«, unterbricht mich Erik aufgebracht, »ich kauf' mal eben 40.000 Visitenkarten!« Er fuchtelt verärgert mit den Armen in der Luft rum und im nächsten Moment höre ich, wie etwas zu Boden fällt.

Es ist Eriks Manschettenknopf, der wohl unters Bett gerollt ist. Denn er bückt sich und Mist!

Er hat den Schuhkarton entdeckt.

Nein, bitte nicht aufmachen!

Na gut, das war's! Schluss! Aus! Vorbei! Er lässt sich scheiden.

Wegen schwerer Eheverfehlung oder wie das gleich noch hieß.

Na toll. Ich werde wieder bei meinen Eltern am Dachboden in der Pampanese wohnen, mindestens 30 Kilo zunehmen und am Ende werde ich als frustrierter Single in dieser ORF-Sendung ›Liebesg'schichten und Heiratssachen‹ landen. Mein Name wird in Schokoschrift auf einer pastellfarbenen Cremetorte in Herzform stehen. ›Es muss nicht die große Liebe fürs Leben sein‹, werde ich im Interview tapfer vor mich hin schluchzen und bestimmt gleich darauf in Tränen ausbrechen, wenn sie mich fragen, ob ich denn schon mal so richtig verliebt war und allerspätestens gleich darauf erleide ich vor laufender Kamera einen Nervenzusammenbruch, man wird …

»Sag mal«, höre ich Eriks Stimme, »gibt es eigentlich irgendetwas auf dieser Welt, was du mir nicht verheimlichst?« Er klingt dabei so verbittert und enttäuscht, dass ich überhaupt nicht mehr weiß, was ich sagen soll.

Also schweigen wir. Eine ganze Weile. Bis ich

einen kurzen Blick zur Seite riskiere und Erik inmitten des rosa-weißen Schachtelmeeres sitzend, abwesend auf das Preisschild meiner Kirschmanolos starren sehe. Er sieht so dermaßen traurig und verletzt aus, dass es mir augenblicklich einen Stich versetzt. Am liebsten würde ich auf der Stelle heulen.

Aber das geht nicht.

Ich muss hier schließlich meine Ehe retten! Also lege ich meine gesammelten Visitenkarten vorsichtig auf dem Bett ab, zupfe mein Nachthemd zurecht und denke erst mal gründlich nach. Nur blöd, dass das irgendwie nicht so richtig funktioniert mit dem gründlich, bei der ganzen Unordnung in meinem Kopf. So sehr ich mich auch anstrenge, das Einzige was ich denken kann ist: 40.000 Visitenkarten. Und dass er mich bestimmt verlässt. Irgendwo im hinteren Teil meiner Cortex singt Bryan Adams lautstark ›I'm a liar‹, während vor meinem inneren Auge Erik mit einem strahlend-verliebten Lachen und einer elfengleichschönen Celine händchenhaltend über einen endlos-feinsandigen Strand läuft und … Oh mein Gott, sind die zauberhaften Geschöpfe da etwa ihre KINDER?

Nein, nein, nein! Ich kann das nicht mehr länger mit ansehen. Ich zwinge mich die Augen zu öffnen und versuche, mich mit aller Gewalt zu konzentrieren. Es muss doch irgendeinen Ausweg geben.

»Erik«, bringe ich schließlich nach einer halben Ewigkeit zögernd hervor, »es tut mir leid.« Ich spüre einen festen Knoten in meinem Hals, während ich vor mir auf den Boden starre. »Es tut mir leid, dass ich dich enttäuscht habe, dass ich unsere Vereinbarung nicht eingehalten habe«, stottere ich und spüre, wie mir die Tränen in die Augen steigen. »Du hattest recht. Vertrauen ist die Grundlage einer Beziehung und ich«, ich ringe nach Luft, »ich habe dein Vertrauen enttäuscht.« Ich wische mir übers Gesicht und Erik blickt kurz auf. Sein Gesichtsausdruck ist zwar noch immer genauso undurchdringlich wie vorher, aber wenigstens scheint er mir zuzuhören. »Ich weiß«, sage ich und wage es das erste Mal, ihm direkt in die Augen zu sehen. »Ich weiß, dass wir eine Vereinbarung getroffen haben, und ich wollte sie auch wirklich einhalten. Weil ich will ja überhaupt gar keine Geheimnisse vor dir haben. Ehrlich. Überhaupt nicht!«, versichere ich. »Weißt du, das Problem mit diesen dummen Geheimnissen ist, dass sie mir irgendwie einfach so passieren. Genau wie mit dieser Schramme im BMW, du vergisst bloß einmal in den Rückspiegel zu schauen und schon«, ich stoppe abrupt meinen Redefluss, werfe einen nervösen Blick hinüber zu Erik, der irgendwie gerade ziemlich verwirrt dreinschaut, und beschließe, schnell weiterzusprechen. »Also was ich eigentlich damit sagen will ist, dass ich es nicht absichtlich mache. Ich meine, ich vergesse quasi, es zu erzählen und bumm, im nächsten Moment ist es schon passiert und ich habe ein Geheimnis. Es ist wie mit Mozartkugeln. Du nimmst dir vor, bloß eine einzige zu essen, aber irgendwie passiert es und du futterst die ganze Packung auf und am nächsten Morgen fragst du dich, ob du deine Jeans zu heiß gewaschen hast.«

Erik sieht mich stirnrunzelnd an, als wüsste er nicht so recht, worauf ich eigentlich hinaus will.

»Weißt du«, sprudle ich weiter, »es ist wie mit diesen Gucci-Fälschungen aus Malaysien. Du willst sie bloß mal kurz näher ansehen, aber ehe du dich versiehst, spazierst du glückselig damit über den Graben und hast völlig drauf vergessen, dass es gar keine echte Guccibag ist, bis du damit in den ersten Regenschauer kommst und sie sich in ihre Grundbestandteile auflöst.«

»Genau genommen ist es mit Geheimnissen dasselbe«, sage ich ohne Luft zu holen und deute auf die grün-gelbe Schachtel auf meinem Schreibtisch, »wie mit diesen Abspeckpillen hier. Du denkst, sie schaden nicht, helfen dir leichter in dieses goldene Paillettenkleid aus dem Gucci-Sale zu passen und am Ende kriegst du bloß Blähungen davon.« Ich halte kurz inne und sehe ihn ernst an. »Aber ich weiß DAS jetzt.«

»Wie, dass Abspeckpillen Blähungen verursachen?«, stellt Erik trocken fest.

»Nein«, rufe ich konsterniert. »Ich weiß jetzt,

dass ich einen Fehler gemacht habe. Und ich verspreche dir hoch und heilig«, ich schlecke meine beiden Finger ab und hebe sie gelobend in die Luft, »dass ich dir ab heute immer alles erzählen werde. Ich schwör's. Bei Mrs. Kelly!«, versichere ich und drücke sie mir feierlich an die Brust.

Erik sieht überrascht aus. »Bist du sicher?«, sagt er und ich höre gewisse Zweifel in seiner Stimme.

»Ja, das bin ich«, stelle ich entschlossen fest, nachdem ich die Tasche zurück aufs Bett gelegt und die beiden Kastentüren geöffnet habe. »Und ich fange jetzt auf der Stelle damit an. Also hier zum Beispiel: Das ist meine Jogginghose«, erkläre ich mit bedeutungsschwerem Blick und halte das ausgebeulte, mit französischen Vokabeln, Logarithmen, Liebesgedichten und anderem Gekritzel versehene Ungetüm in die Höhe. »Ich trage sie ohne Unterbrechung seit 1995, aber ich traue sie mir nur anzuziehen, wenn du auf Geschäftsreise bist.« Ich lasse die Hose auf den Boden fallen. »Die Radarstrafe aus Ungarn war gar kein Versehen, ich habe Haralds Bordtoilette verstopft und die hier«, ich ziehe schwungvoll eine große Batterie aus der schwarzen Ledertasche mit dem goldenen Steigbügelgriff hervor, »habe ich aus Professor Holmers Praxis geklaut, damit ich nicht auf die Waage muss. Und die Tasche hier«, schieße ich schnell nach, »habe ich mir heimlich am Strand auf Koh Samui gekauft, als du mir eine Kokosnuss besorgen musstest.« Erik sieht mich verdattert an, während ich ohne Luft zu holen weitermache. »Ich mag keine Austern, ich habe keinen blassen Schimmer, was LCS heißt«, ein Lächeln huscht über Eriks Gesicht, »und die Blasenentzündung an dem kalten Regenmorgen im März, wo wir Wildwasserrafting machen wollten«, ich ziehe meine Augenbrauen hoch, »die habe ich bloß vorgetäuscht.«

Tut das gut! Jetzt wo ich erstmal damit angefangen habe, die Wahrheit zu sagen, kann ich praktisch gar nicht mehr damit aufhören. Die Geheimnisse sprudeln nur so aus meinem Mund heraus. Es kann mir gar nicht schnell genug gehen, sie loszuwerden. Ich habe schon fast ein wenig Angst, dass das in eine Art Sucht ausarten könnte. Wer weiß, vielleicht gibt es ja so was wie eine Wahrheitsmanie oder ich bin ein Truthoholic oder so was. Also das muss ich dann unbedingt später gleich mal im Pschyrembel nachschlagen. Nur zur Sicherheit.

Ich zische unter Eriks teils verstörtem, teils amüsiertem Blick hinüber zum Schreibtisch, ziehe schwungvoll die oberste Lade heraus und hole alles mögliche Zeugs heraus. »Das hier ist eine einstweilige Verfügung von Stuart Weitzman«, erläutere ich und halte sie hoch.

»Weitzman?« Erik sieht mich fragend an.

Ich nicke. »Aber wir sind nicht verwandt.«

»Vor etwa vier Wochen habe ich mir heimlich dein Auto geliehen«, sprudle ich munter weiter, »und das hier«, ich halte ihm einen A4-Zettel mit blauer Schrift entgegen, »das ist die Rechnung von der Werkstatt, nach der Kollision mit einer Budapester Leitplanke.« Eriks Augen vergrößern sich. »Die Hotelrechnung für meinen einstündigen Aufenthalt im Orient«, ich halte einen anderen Zettel in die Höhe, sehe wie Erik nach Luft schnappt und ich beeile mich zu sagen: »Keine Sorge. Ich war allein dort. Aus Recherchegründen. Du verstehst?« Ich ziehe eine Augenbraue hoch, Erik starrt mich ziemlich perplex an und ich lasse munter alle Zettel auf den Schreibtisch fallen. »Ich hasse Yoga, die ultimative New-York-Diät und wenn du weg bist«, setze ich meinen Redeschwall fort. »Ich tue immer nur so wahnsinnig beschäftigt, wenn du auf Geschäftsreise gehst. Wenn ich über eine Frau bemerke: ›Die ist aber hübsch‹, will ich, dass du mir widersprichst. Und wenn ich sage, dass ich ein Kilo zugenommen habe, dann sind es in Wahrheit drei.« Ich hole tief Luft und bemerke, wie ein Lächeln über Eriks Gesicht huscht. Wo war ich stehen geblieben? Ach ja! »Die Feuchtigkeitscreme, die ich mir abends immer auf die Beine schmiere, ist in Wahrheit gegen Cellulite. Ich weiß nicht, was danke auf Latein heißt und von roten Rüben bekomme ich immer …«

»Elli«, unterbricht Erik meinen Plapperanfall, ich stoppe abrupt und sehe zu ihm.

»Ich denke, ich habe verstanden.« Seine Stimme klingt nachdenklich. »Also nicht, was du wortwörtlich gesagt hast«, sagt er nach einer kurzen Pause und fährt sich durchs Haar, »aber den tieferen Sinn, den du damit impliziert hast.«

»Wirklich?«, frage ich verblüfft, weil ich nicht so ganz sicher bin, wieso eigentlich tieferer Sinn? Und was um alles in der Welt bedeutet bitte impliziert? Wird echt Zeit, dass ich mir mal ein Fremdwörterbuch zulege.

»Na, dann bin ich aber echt froh«, beeile ich mich zu sagen und setze einen möglichst weisen Gesichtsausdruck auf, »dass du diese Impliziertizität verstanden hast.«

»Und ich erst«, antwortet Erik, zieht amüsiert die Augenbrauen hoch und kommt langsam auf mich zu. Ich schlinge erleichtert meine Arme um seinen Hals. Er drückt mich fest an sich, sieht mich eine kleine Ewigkeit lang an, ich schließe meine Augen und kann es kaum erwarten, dass er mich endlich küsst …

»Und du weißt wirklich nicht, was LCS heißt?«

Wie? Was soll denn das jetzt, bitte? Hallihallo?

Ich öffne überrascht meine Augen und erkenne schon wieder dieses schelmische Grinsen in Eriks Gesicht. »Nein«, antworte ich kopfschüttelnd, »weiß ich nicht!«.

»Tja, dann bin ich aber der Meinung«, Eriks Augen glitzern auf einmal ganz bedeutungsvoll, »dass es allerhöchste Zeit wird, diese schwerwiegende Bildungslücke zu schließen.« Und damit zieht er mich mit entschlossener Miene aufs Bett. Im nächsten Augenblick spüre ich seine Lippen, seine Hände überall. Mein ganzer Körper prickelt. Mein Blick verschwimmt und ich nehme kaum noch die kleine gelbe Packung auf meinem Nachtkästchen wahr, die mir Professor Holmer vor Wochen verschrieben hat. Und im nächsten Moment bleibt mir die Luft weg.

Wie um alles in der Welt, konnte ich bloß darauf vergessen? Das gibt es doch wohl nicht! Da habe ich doch tatsächlich das allerwichtigste Geheimnis verschwitzt. Erik weiß ja noch gar nicht, dass er …

HEILIGER BIM BAM!

Plötzlich bin ich furchtbar schrecklich aufgeregt. Mein Herz pocht noch wilder als zuvor, mein ganzer Körper kribbelt auf einmal wie wahnsinnig vor Freude und meine Stimme zittert vor lauter Glück, als ich aufgeregt sage: »Erik …«

»Ich glaube, ich muss dir da noch etwas ziemlich Wichtiges sagen …«

Finanzamt Wien 1/23
Team 8/ Gruppe 4b

Frau
Dr. Elisabeth Weitzman
Habsburgergasse 9/11
1010 Wien

Wien, am 25. 10. 2008

Betreff: Berufskleidung

Sehr geehrte Frau Dr. Weitzman,

vielen Dank für Ihren Brief und das beigelegte Foto, das Sie nachweislich während ihrer Promotionsfeier in einem Modell von Yves Saint Laurent zeigt. Ich kann verstehen, dass eine akademische Feier im großen Festsaal der Universität Wien, eines, wie Sie es nennen, ›entsprechend würdevollen Schuhwerks‹ bedarf. Die von Ihnen beigelegte Rechnung kann dennoch nicht als steuerlicher Absetzbetrag anerkannt werden.

Mit freundlichen Grüßen

Maria Molart
Finanzbeamtin

Beilage: 1 Rechnung

Kleines Wienerisches Wörterbuch

a Wö'n schlogn	Wörtl.: eine Welle schlagen, umgangsspr.: sich aus dem Staub machen
Budel	Theke
dawiagn	erdrosseln
Eitrige	Käsekrainer, Bratwurst mit Käsefüllung
Gang	österreichischer Ausdruck für Flur
G'frastsackl	durchtriebene freche Person
Gspusi	Liaison, Flirt
haße Hund	Hot Dogs
Häf'n	Gefängnis
Hintertupfing	Ort am Ende der Welt
Hüsn	Bierdose
Kieberei	Kriminalbeamte, Polizei
Murkerl	Karotte, gelbe Mohrrübe; umgangsspr.: dumme Person

Oide	Wörtl: die Alte; umgangsspr.: abwertend für Ehefrau
Pölster	Ausdruck für Kissen
rote Mischung	Rotwein mit Wasser gemischt; auch: roter Spritzer
Sackerl	Tragetasche, Tüte
Schwindlicher	Jem. der nicht ganz bei sich ist. Umgangsspr. f. Spinner o.a. Drogensüchtigen
Stiegenhaus	Österr. Ausdruck für Treppenhaus
Steffl	Abkürzung für den Wiener Stephansdom
stutzen	wundern
Topfengolatsche	Quarktasche
vergenusszwergeln	Umgangsspr. für Sex haben
Wappler	Idiot, Blödmann

~~GRATIAS~~ ~~MERCI~~ DANKE

Dem fabelhaften Team von Gmeiner. Claudia: Dafür, dass du mein Manuskript aus deinem riesigen Stapel gezogen hast. Meiner Familie: Mama: Für deinen ansteckenden Humor und die weltbesten Trostpflaster in Mehlspeisform. Papa: Dafür, dass du seit ich denken kann für jedes Problem die passende Lösung parat hast. Schwiegermama: Für deinen tollen Tipp und deine Haute-Couture-Kunstwerke, die meinen Kleiderschrank adeln. Mädels: Für durchtanzte Nächte in Highheels und eure Stories. Martin: Für UNS, den ersten Walzer und auch wenns banal klingt – fürs Korrekturlesen.

Nachweis

Blahnik, M. (2007): How I get dressed. In: The Observer, Sunday March 11, 2007

Blahnik, M. (2008): Manolo Blahnik. In: Art Vogue, January 3rd, 2008

Blahnik, M. (2008): Manolo Blahnik. Shoe Designer (1942-). In: www.designmuseum.org

Boman, E. (2005): Manolo Blahnik. Collection Rolf Heyne

Louboutin, Ch. (2007): Christian Louboutin im Gespräch. In: Welt-Online

Roberts, M., Piaggi, A. (2003): Manolo Blahnik. Drawings. Thames & Hudson

Schumann, Ch. (1984): Schumann's Barbuch. Wilhelm Heyne Verlag München

Spogat Kuhn, I. (2008): Manolo Blahnik. Der Mann mit den magischen Schuhen.

Weitzman, St. (2008): Stuart Weitzman

Weitere Romane finden Sie auf den folgenden Seiten und im Internet: www.gmeiner-verlag.de

Unsere Lesermagazine

2 x jährlich das Neueste aus der Gmeiner-Bibliothek

DIN A6, 20 S., farbig

10 x 18 cm, 16 S., farbig

24 x 35 cm, 20 S., farbig

GmeinerNewsletter

Neues aus der Welt der Gmeiner-Romane

Haben Sie schon unsere GmeinerNewsletter abonniert? Monatlich erhalten Sie per E-Mail aktuelle Informationen aus der Welt der Krimis, der historischen Romane und der Frauenromane: Buchtipps, Berichte über Autoren und ihre Arbeit, Veranstaltungshinweise, neue Literaturseiten im Internet und interessante Neuigkeiten.

Die Anmeldung zu den GmeinerNewslettern ist ganz einfach. Direkt auf der Homepage des Gmeiner-Verlags (www.gmeiner-verlag.de) finden Sie das entsprechende Anmeldeformular.

Ihre Meinung ist gefragt!

Mitmachen und gewinnen

Wir möchten Ihnen mit unseren Romanen immer beste Unterhaltung bieten. Sie können uns dabei unterstützen, indem Sie uns Ihre Meinung zu den Gmeiner-Romanen sagen! Senden Sie eine E-Mail an gewinnspiel@gmeiner-verlag.de und teilen Sie uns mit, welches Buch Sie gelesen haben und wie es Ihnen gefallen hat. Alle Einsendungen nehmen automatisch am großen Jahresgewinnspiel mit attraktiven Buchpreisen teil.

GMEINER

Wir machen's spannend

Alle Gmeiner-Autoren und ihre Romane auf einen Blick

Alle Gmeiner-Autoren und ihre Romane auf einen Blick